弟嫁

藍川 京

幻冬舎アウトロー文庫

弟嫁

弟嫁＊目次

第一章　孤閨秘悦　7
第二章　美花淫辱　46
第三章　恥虐儀式　94
第四章　処女散花　147
第五章　母娘奴隷　199

第一章　孤閨秘悦

1

未亡人になって一年。門脇深雪《かどわきみゆき》は哀《かな》しさをたたえて、いっそう美しさを増していた。未亡人になったのは三十三歳のときだった。三十四歳という今の年は、女としてもっとも輝いている時期にちがいない。

深雪の場合、その輝きは潑剌《はつらつ》としたものではなく、哀しみのベールに覆われ、思わず抱き締めてやりたくなるような脆《もろ》さを秘めたものだった。それは、生き生きとした輝き以上に、男の心をとらえた。

もともと白く繊細だった肌が、一年前よりさらに透きとおり、ガラス細工を思わせるほどだ。外に出ることを忘れ、家でひっそりと夫の遺影とだけ向かい合っていたのではないか。相馬竜一《そうまりゅういち》をそんな思いにさせるほど、深雪はその名前に似て白く可憐《かれん》だった。

肩までのミディアムストレートの細くやわらかい黒髪が、深雪の上品な顔をさらに女らしく見せている。

薄いピンクの口紅を塗った唇がきゅっと締まって、哀しみを堪《こら》えているように見える。奥《おく》二重《ぶたえ》の日本的な顔立ちで、潤んだような目をまたたくたびに、長い睫毛《まつげ》が翳《かげ》を落として揺れた。

「何かご不自由なさってることはありませんか。僕にできることなら、何でもお手伝いさせていただきますから」

一周忌の法要が終わった今、不謹慎だと思いつつも、相馬竜一の胸はときめいていた。

深雪より二歳年下の相馬は、彼女の亡き夫である孝《たかし》と同じ公立高校の教師だった。生徒への情熱的な教育を孝に学びながら、自分も伸びていきたいと思うほど、相馬にとって孝は模範的な教師だった。

孝に誘われてはじめて彼の家を訪れたとき、深雪の美しさに心が揺れた。赴任してきてすぐに噂《うわさ》は聞いていたが、想像以上の女だった。

深雪は大学を出た孝がはじめて勤めた高校の教え子だということも聞いていた。二十三歳の新米教師が、高校三年だった深雪に惚《ほ》れこんでしまい、深雪が卒業するときには、ひとり娘の紫織《しおり》が宿っていたという噂もあった。だが、孝の実直さと、目の前に現われた深雪のいかにも純な姿を見ると、単に早産しただけのことではないかとしか思えなかった。

ふたりを見ていると、高校生だった深雪が教師の孝と躰《からだ》を重ねていたのを想像することはできない。そんな噂をたてたのは、深雪のような妻をもらった孝に対する誰かの嫉妬ではないかと勘ぐるしかなかった。

「女ふたりでは、何かとお困りになることもおありではありませんか」

相馬の視線は、黒っぽいワンピースの深雪の胸もとのふくらみに動いてしまう。はっとして、すぐに視線を上げて深雪の目を見つめたが、その目が眩《まぶ》しく、やがてまた胸の方に落ちた。

「いえ、何とか一年無事に過ぎましたから」

そう言いながら、深雪はやさしい夫を亡くしたショックに泣いて暮らした一年を振り返っていた。

「お母さま、伯父さまがお見えになったわ」

中学三年になる紫織の白いブラウスとスカートは、楚々《そそ》とした白百合を連想させた。

深雪によく似た品のある面立ちだ。ただ、その目は現代的で大きく、はっきりした二重瞼《ふたえまぶた》で、日本髪の似合いそうなほとんど一重《ひとえ》に見える深雪とはちがっていた。大人に近づいてふくらんでいる乳房のあたりまでの三つ編みが愛らしい。

深雪への思いに揺れていた相馬も、紫織を見ると、三十九歳という若さで交通事故で亡くなった孝の無念を思い、現実に戻って歯ぎしりしたくなった。

酒に酔ってスピードを出していたオートバイの若者の犠牲になったのだ。

「こんな大切なときに遅くなって済まなかった。やっぱり法要には間に合わなかったようだな。どうしても避けられない仕事があったんだ」

孝の兄、四十七歳になる門脇一寿《かずひさ》は、門脇ビルシステム株式会社の代表取締役だ。おもにビルなどの空調、排水、電気、冷暖房などの設備の設計や、見積り、施工などを行っていた。

「お忙しいのは存じております。わざわざ来ていただいただけで孝さん、きっと喜んでおりますわ」

深雪は丁寧に頭を下げた。だが、どうしてもこの義兄《あに》を好きになれなかった。同じ兄弟とは思えないほど性格がちがう。

損得抜きに生徒に情熱を注いでいたような孝に比べ、一寿は金銭抜きの人間関係など考えたことがないといった男に思えた。

それだけに、孝とはさほど交流がなかったが、孝の留守のときに、ときおり菓子や活《い》きのいい魚などを持ってくるので、そんなとき、帰宅した孝が意外そうな顔をしていた。

一寿はそのたびに、何かと口実をつくって深雪を外に連れ出そうとした。けれど、彼女は一度も誘いに乗らなかったし、それを孝に話したこともなかった。

「一年というのは早いものだな。深雪さんはまだ若いから、再婚のことなど考えているんじゃないか。もし、そんな相手がいるなら、相談に乗ってやるから、遠慮なく言ってくれないか。まだ三十四歳じゃ、ずっとひとりでいろと言う方がおかしいだろうし」

まだ一年しかたっていないというのに、こんなときに再婚話を人前で口にする義兄に、深雪は周囲から自分がそんなふうに思われてしまうかもしれないと動揺し、同時に、霊になった孝が近くで聞いて哀しんでいるかもしれないと思った。

相馬竜一は、一寿を、何という無礼な男だろうと腹をたてていた。これがあの孝の実兄だと思うといたたまれなかった。

「きょうは、紫織の将来のことなども考えなくてはならんと思って来たんだ。孝がいなくなった以上、兄の私が父親がわりになるのは当然のことだと思っている。これからは金もかかる。まあ、そんなわけで、いい機会だ。三人でじっくり話そうじゃないか」

深雪のそばから離れない相馬を邪魔な奴だと思いながら、一寿は「三人」という言葉に力を入れた。

「では、僕はこれで。何かお手伝いできることがあれば、いつでも遠慮なくお電話ください」

相馬はまだ深雪と話したいことがあった。だが、一寿が自分のことなど無視して深雪や紫織と話したがっているのがわかり、身内ならば仕方がないと引き下がるしかなかった。

亡き孝とよく話が合っていた教育熱心な相馬と、深雪ももう少し話していたい気がしたが、一寿の手前、彼を玄関まで見送るしかなかった。

一寿は、仏壇の前で形ばかりに手を合わせた。幼いころからまるで性格の合わなかった孝の死には、さほど動揺はなかった。まして、一年たった今では、年の離れた弟を偲《しの》ぶより、深雪を今後どうやって自分のものにするかだけに関心があった。

教員になりたての二十三歳だった孝が、まだ十七歳の教え子と、それもとびきり上等の女と恋仲になった。真面目一方の孝がまだうぶな高校生と一線を越えてしまったとは、あのときの一寿には信じられないことだった。

高校卒業を間近にして深雪が妊娠してしまったと孝に打ち明けられた。純情可憐に見えるあの女がまさかと、遊び慣れていた一寿でさえ愕然《がくぜん》としたものだった。

とうに結婚していた一寿が派手に外で遊んでいるのを知っていた孝は、深雪とのことを親に言うことができず、まず一寿に相談したのだ。

深雪のような女なら、ぜひ愛人にしたいと一寿は思った。しかし、堕胎の勧めは失敗に終わった。

国公立の大学も簡単にパスするだろうという頭脳明晰《めいせき》な深雪だったが、大学受験より、ふたりの間に授けられた子供を大切にしたいと、まだ無垢《むく》に見えるセーラー服姿で言った。

互いの家でひと悶着《もんちゃく》あったが、学校には妊娠は知られず、深雪は何とか卒業できた。

だが、卒業とほとんど同時に結婚し、月足らずの出産となり、どうやら卒業前にふたりは肉体関係を持っていたらしいと噂になった。

そのことで孝は不便な公立高校に転任させられ、六年ほど教鞭《きょうべん》を執《と》っていたことがある。

島流しのような教員生活などやめて、俺の会社に勤めろと、深雪をそばに置きたくて一寿は何度も勧めた。しかし、呆《あき》れるほど孝は頑固だったし、深雪も不便な生活から逃れたいとは思っていないようだった。

「孝もあんなに若い年で逝《い》ってしまったからには、たいした蓄えもないんだろう。孝を殺したあの若造からも、結局微々たる金しか取れなかったし、今後も期待できんようだな。殺され損だ。これからは遊んで暮らすというわけにもいかないだろうし、パートか何かで経理の経験があるとか言っていたから、うちを手伝ってくれないか。形ばかりでいいんだ。紫織の学費だけでなく、ふたりの将来の不安がないようにさせてもらう。金だけ受け取っていては落ち着かないだろうと思って、仕事を頼むだけだ」

仕事などしなくていい。俺の女になりさえすれば贅沢《ぜいたく》をさせてやる。本当はそう言いたかった。

真面目な女を相手にするのはまどろっこしくて面倒だ。だが、そんな女だからこそ、モノにする楽しみがある。すぐに脚をひらく女などうんざりしている。女はできるだけ頑固で上品で、恥じらい深い方がいい。

「お義兄さまのお気持ちは嬉《うれ》しいんですけど、贅沢しなければふたりですし、何とか私の力だけでもやっていけると思います」

「贅沢しろとは言わない。だが、紫織のことをもう少し考えた方がいい。英語がやけにできるとか言っていたようじゃないか。紫織、今も英語は好きなのか」

「はい」

十数年前の深雪とそっくりの、ぞくぞくするほど可愛《かわい》い女だ。この顔つきからすると、まだ処女にちがいない。悪い虫がつかないうちに、早く自分の手で女にしなければと一寿は思った。

「英語が好きなら、将来通訳なんかどうだ。儲《もう》かるというじゃないか」

「まあ、伯父さま、私、うんと勉強して、通訳か、翻訳家か、お父さまみたいな教師になって、英語を教えたいと思っていたんです」

何がお父さまみたいな教師だ。できの悪いガキどもに英語を教えて何になるんだ、などと一寿は、大きな目で自分を見つめている紫織を眺めた。この血の繋《つな》がった姪《めい》でさえ、自分の女になるのがいちばんいいことだと思った。

「英語は日本で何年やろうとなかなかうまくはならないんだろう。いっそ、留学した方がいい。まずは試しに一カ月や二カ月でもいいし、一年だって二年だっていい。その気があるなら、どんなことだってしてやる。だからというわけではないが、紫織のためにも、深雪さん、うちの経理を手伝ってくれないか。ふたりの将来は約束しよう」

「留学なんて……」

紫織は思ってもみない伯父の言葉に心を動かされていた。

この伯父が好きなわけではない。実の兄弟でありながら、亡くなった父との交流はほとんどなく、深雪もどこか避けているような感じがする。けれど、特別自分に冷たいということもなく、会えば多すぎる小遣いを渡してくれたりもしていた。

「留学すれば、英会話はうんと上手になるわ」

紫織はひとりごとのように言いながら、さりげなく深雪の様子を窺《うかが》った。

「留学すれば発音なんてすぐ完璧になるさ。高校も、文句なしの教師がいるところがいい。緑が丘女子高校は、優秀な外国人教師が揃《そろ》っている。知ってるだろう？」

「ええ。でも、すごく学費が高いんですって。よほどお金持ちしか行けないわ。そんな名門校になんて」

「いくらかかろうと、学費ぐらい私が面倒を見る。そうだ。中学を卒業したら緑が丘に進学し、交換留学という手もあるな。何しろ、金は惜しまないから心配しなくていい。可愛い私の姪だからな」

夢でしかなかったことが、もしかすると現実になるかもしれないという可能性に、紫織の目が輝いてきたのが一寿にはわかった。

緑が丘女子高校は、都内でも贅沢な広い敷地を持ったお嬢様学校だ。そこに行かせたいのは理由がある。紫織の将来のためというより、建設会社の知り合いが、その高校の東側の敷地を昔から手に入れたがっていたが、これまでその手だてはなかった。だが、何とか紫織や深雪をつかって手に入れることができるかもしれないと、彼は早くも陰謀を企んでいた。

「どうかな、深雪さん。紫織の将来のためにも」

「経理をお手伝いするぐらいで、そんなことをしていただけますの？」

期待より、孝の兄とはいえ、一寿とはあまり関わりたくない思いから尋ねたにすぎなかった。

「進学、留学だけじゃない。住まいも用意したい。S駅近くの私の賃貸マンションで、ちょうど空いている部屋があるんだ。そこだと緑が丘も近いし、会社の通勤にも便利だ。さっき言ったように、仕事というのは形だけのものだ」

一寿を見、紫織を見つめ、そのあとどこか遠くを見つめているような深雪は、紫織の夢の実現のために、気の進まない一寿の申し出を受けることが賢明な道だろうかと考えていた。

「もっとも近い身内として、やれることをやってやりたいと言っているだけだ」

「でも、それほどまでのことをしていただいても……」

「深雪さんと姪の紫織が幸せになってくれればそれでいい。孝にしてやれることはそれしかない」

「本当によろしいんですの」

「もちろんだ」

「では、どれだけお役に立てるかわかりませんが、経理のお手伝いをさせていただきます」

紫織と一寿の顔がその瞬間に輝いた。

「孝の兄として、ようやくこれでほっとした。引越しのこと、紫織の高校のこと、全部まかせておいてくれればいい」

紫織の卒業まであと二、三カ月。もうじき深雪が自分のものになるのだと思うと、一寿の股間はすでにウズウズしていた。

孝という邪魔者もいなくなり、追い詰めた獲物をようやく料理する段階に入ったのだ。

紫織の将来のことを話しながらも、一寿の脳裏には、裸に剝《む》いた深雪を弄《もてあそ》んでいる姿が浮かんだ。

服を引き裂けば、名前のように白い肌が目に痛いほどの鮮やかさで現われるだろう。

七つも年下の、いつも一寿より優等生だった弟。高校教師でありながら、セーラー服の教え子を抱いて妊娠させた弟。そのために田舎に転勤になったとはいえ、ふたたび日の当たる場所に戻されて教鞭を執った、最後まで教師や生徒に人気のあった弟。

そんな弟のもっとも愛した妻を、一寿は昔から欲しかったのだ。素晴らしい宝を独り占めしている弟に、一寿は嫉妬し、呪いの言葉さえ吐いていた。

だから、孝が事故で亡くなったと聞いたとき、自分の呪いが聞き入れられたのではないかと、わずかに罪の意識を感じたのも事実だ。だが、今はそんなこともすっかり忘れていた。

(ようやく俺のものになる。おまえは深雪を、どうせ優等生らしく抱いていたんだろう。俺はノーマルなつまらんマニュアルどおりのセックスなんかするつもりはない。指の先から髪の先まで俺の色に染まるように、たっぷり可愛がってやるからな)

ほどよい大きさに盛り上がっている乳房。細い首。お茶を淹《い》れるときのなめらかな手の甲。決して猥褻《わいせつ》な四文字など口にしたことのないだろう上品で小さな口もと。

すべてを剝いて破廉恥に晒《さら》し、恥ずかしい言葉を口にさせるこれからの楽しみと手続きに、一寿は嬉々《きき》とした。

2

「お母さま、素敵なマンションね。伯父さま、こんなお部屋まで貸してくださるというし、もうじき緑が丘女子高校に通えるなんて、まるで夢みたいよ」

中学の卒業式も終わり、深雪と紫織は門脇一寿所有のマンションへ引越してきた。

成績は問題なく、一寿によるまとまった寄付もあり、私立緑が丘女子高校入学が決まっている紫織だった。

深雪としては亡き夫と暮らしたアパートを出るにはためらいがあったが、紫織の将来を思い、何とか思い出を振りきった。

引越しにあたって、業者の手配ほかいっさいをやってくれた一寿は、昼間三十分ばかり顔を見せた。

今は家具は所定の位置におさまり、業者も帰り、これから整理しなければならない段ボール箱が積み重ねてある。

四ＬＤＫのマンションは、ふたりの生活には広すぎるように感じた。洋間をひと部屋ずつ個室とし、和室とリビングは来客や自分たちのために使う。それでも洋間がひと部屋余っていた。

「お友だちがみんな、うらやましがってるわ。緑が丘女子高校は憧れの的ですもの。紫織、まだ夢みたいな気がしてるわ。うんと頑張って勉強して素敵な職業について、お母さまにうんと楽をさせてあげるわ。伯父さまにお金を渡して、このマンションだって買っちゃうの。そしたら、お母さまだって気分が楽になるでしょう。それまでごめんね」

「まあ、そんなこと……」

紫織のやさしい気持ちを知って、深雪はこれから、一寿に対する引け目を感じないように、せいいっぱい働かなくてはと思った。

「きょうは疲れてるから、後かたづけは明日からにして、お風呂にしましょうか」

すでに必需品はおおよそ出してある。

「広いお風呂だから、いっしょに入ってもゆとりがあるわね。どうする？　いや？」

「ふふ、そうね、久しぶりにお母さまといっしょに入ろうかしら」

紫織はすぐに賛成した。

中学に入学してから、すっかり別々に入るようになってしまった風呂だけに、旅先で家族風呂に入るような感覚になった。

風呂には大きな鏡が壁の一面に埋め込まれていて、湯槽《ゆぶね》も洗い場もゆったりとってある。小さな風呂にばかり入っていたふたりにとっては、贅沢に思えた。

十五歳の紫織の裸体は、深雪に比べるとまだまだ幼い。それでも大人の女としての形を整えつつあり、以前見たときとは完全にちがう胸のふくらみが眩しかった。誰にもふれられていないういういしい淡い桜の花びらをした乳首と乳暈《にゅううん》。やわやわとした感じの、それでもスリットをしっかりと縁どっている漆黒の縮れ毛。

娘とはいえ、その躰を直視するのははばかられ、深雪は大きな鏡に何度もさりげない視線をやっては、紫織を観察した。

あと二年たてば紫織は、深雪が孝と知り合った年になる。あと二年で紫織が誰かを愛して性を知るなど、今の深雪には考えられなかった。まだまだ紫織は子供でしかない。

(私は尋常じゃなかったのかしら。高校に通っていながら教師と愛し合って、卒業前に妊娠までしたんだわ)

あのときはただ孝に夢中だった。みんなに人気のある若い教師に深雪も惹《ひ》かれ、孝はほかの誰でもない深雪を愛した。

夏休みに、孝のアパートではじめて抱かれたときの激しい破瓜《はか》の痛みと悦《よろこ》び。避妊には気をつけていた孝が、たった一度、避妊具をつけ忘れたことで妊娠した。十一月の初めだった。

紫織は、深雪が高校を卒業した年の夏に生まれたのだ。

「お母さま、どうしたの？」

「えっ？　ああ、何でもないわ」

「何か考えごとなの？」

「お引越しで忘れていることはないかと、ふっと思っただけ」

「お風呂はくつろぐ場所じゃない。そんなことはあした考えたら？」

十六年前のことを思い出していた深雪を想像できるはずもなく、紫織は笑っている。

「背中を流してあげるわ」

深雪と似た繊細な白い肌をした紫織の背中は、まだ若葉のようだ。

この背中を最初に触るのはどんな男だろうか。いつのことだろうか。深雪はひとりになる日を思い、胸が塞《ふさ》がるような淋《さび》しさに襲われた。

髪を洗った紫織が先に出ていくと、深雪は疲れた躰をじっくりと湯槽につけたあと、洗い場の大きな鏡の前に立った。

一年もふれられていない女の躰が哀しい。二、三人は子供が欲しかったが、頻繁に孝に愛されたというのに、紫織のあとに身ごもることはなかった。

先にあがった紫織が戻ってくるはずはないだろうが、深雪はなかから鍵をかけた。

「あなた……」

湯滴をつけた形のいい乳房を、両腕を交差させてつかんだ。

「ああ、あなた……抱いて……」

掌《てのひら》でやわらかいふくらみを揉《も》みしだくと、桜の花か桃の花を連想させる子を産んだとは思えぬまだ色素の薄い乳首が、たちまち堅くしこって立ち上がった。

指をひらき、人差し指と中指の間に果実を挟んだ深雪は、さらに乳房を揉み続けた。

「ああ……あなた……あなた」

口もとがせつなげに動き、白い歯が鏡のなかで光った。

二度と愛してくれるはずのない孝への虚《むな》しさ。火照《ほて》る躰に対するやり場のなさ。深く愛されていただけに、躰は強く孝を求め続けていた。しこった乳首だけを指でもてあそぶと、ずくずくとした疼《うず》きが、そこから一直線に女園に伝わっていった。

「ああ……」

せつなげに眉間《みけん》に小さな皺《しわ》が寄り、頭が反りぎみになったため、細い喉《のど》が伸びた。

深雪の片手が乳房から秘園に移っていった。薄めの黒い繊毛を掌全体で覆うように押しつける。すると指先が、花びらや肉のマメに自然にふれる。

深雪は脚をひらいた。そうなると、ほとんど無意識のうちに指先が微妙に動きだす。

孝を失ってから、かつてはほとんどしたことがなかった自慰を覚え、深雪は頻繁に自らの指で慰めるようになった。

そっと一本の指を女壺にすべりこませた。

「はあっ……」

あたたかくやわらかい肉の器だ。肉のヒダが指を包みこむように収縮した。ゆっくりと沈めては出してみる。孝の肉茎に比べれば細すぎる深雪の指も、一年も禁欲を強いられている身には心地よい刺激だった。

「抱いて……ああっ……」

鏡に映っている恥ずかしく悩ましい姿を見つめながら、深雪は熱い息を吐いた。

乳房を揉みしだきながら柔肉のあわいめに指を入れて慰めている深雪の淫らな姿を、門脇一寿が真正面から眺めていた。

「ふふ、まったくついてる。あんなにおとなしそうな顔をした女も、男がいないんじゃ、オナニーでもするしかないわけか。こりゃあ、最初の日から意外なものを見せてもらうことになったな。娘の紫織もなかなかそそる躰をしていたが、あいつはまだまちがいなく処女だな」

肉棒が奮い立った。

門脇所有のマンションだけに、建物には彼の楽しみが細工されていた。深雪と紫織に無料で提供された部屋の風呂の鏡はマジックミラーになっており、隣室からは浴室内がすっかり透けて見えた。

これまでも深雪たちの部屋には、一寿の狙った女しか入居させなかった。知り合いの遊び仲間である不動産屋に任せているマンションだけに、そこは都合よくいった。

いま一寿がいる隣室は、建てた当初から彼のサロンになっており、広いリビングが深雪のいる風呂と隣合わせになっていた。

悪い仲間が集《つど》っては酒を呑《の》みながら、浴室を眺めて悦に入るというわけだ。望む時間に入居者が風呂に入るとは限らないが、それを待ちながらの猥談もなかなか弾んだ。

一寿がその部屋を使用しているとは深雪たちには言っていない。すぐ階下の部屋をぶち抜いてメゾネットタイプにしてあるため、この階にも玄関はあるが、出入りは一階下からすればいい。

隣室がそんな部屋だということは、むろん深雪が知るはずはない。表札には会社名が記されており、不審に思ってはいないだろう。

きょうの一寿はひとりだった。はじめて見る深雪の裸体を、ほかの誰かと共有しながら眺めようとは思わなかった。まずは十分に自分で観察し、頭に刻んでおきたかった。

指を出し入れする深雪の呼吸が荒い。一寿の耳に熱い息がかかるかと思えるほど、深雪の表情は艶《なま》めかしかった。

乳房が激しく波打っている。片手はぎゅっと片方の乳房をつかんだままだ。女芯に出し入れしている右の指先だけに意識が集中しているのがわかる。

ひらいた口。微妙に動いている花びらのような唇。まるで一寿を見つめているかのような、何かを訴えている視線があった。

高校時代に孝と一線を越えて女になった深雪だ。女の盛りに連れ合いをなくしては、毎日悶々としているのは当然だ。

しかし、夫を亡くしてまだ一年ほどしかたっておらず、深雪の貞淑さからいって、誰かと躰を重ねるという考えも浮かばないのだろう。いや、たとえこれから十年たっても二十年たっても、ほかの男に抱かれることなど考えずに、自分で慰めることでしか欲求を解消できない女かもしれなかった。

「俺が抱いてやる。不幸な人生など送らせはしない。孝以上の悦びを教えてやる。今はそうやって、せいぜい指だけでも淫らに動かしておくことだな」

何も知らない美しい未亡人が、立ったまま自分で慰めている姿は、一寿をおおいに満足させた。

秘芯から指を出した深雪は、肉のマメをまるく揉みしだきはじめた。

いっそう眉間が険しくなり、それだけ艶めかしさは増した。唇がぬめ光っている。下の唇もびっしょり濡《ぬ》れているのだろうと思いながら、一寿は間近に迫っている深雪の絶頂のときに合わせて気をやろうと、勃起している一物を出した。

青筋立ったそれは人並以上の太さで黒光りしており、見るからに持続しそうな肉茎だ。深雪の太腿《ふともも》が痙攣《けいれん》をはじめたようだ。全身が揺れはじめた。酸素を欲しがっているように、口が大きくひらき、閉じようとしてはまたひらく。眉間の皺がますます深くなった。

激しい指の動きだ。だが、そんな恥ずかしいことをしているというのに、深雪にはあくまでも貴品があった。

「またそいつを見せてくれよ。きっと、みんなが悦ぶ。おまえがこれまでの最高の女かもしれんぞ」

一寿は激しく肉棒をしごきたてた。

誰にも知られていないと思って慰めている深雪だけに、迫力満点の姿だ。白い総身が熱を持ち、いっそう体温が上昇していく様子が手に取るようにわかる。

脚を広げ、まっすぐに突っ立っているというのに、深雪の躰はあくまでもやわらかくやさしい。右手と口もとだけが動いている。

ふいに白い膝ががくがくと揺れ、胸が突き出され、頭が動いて総身が反り返った。

「ああっ！」

叫んだ深雪の口の動きに、一寿も精液を放出した。

深雪はぐらりと揺れ、乳房をつかんでいた片手を鏡につけて躰を支えた。それから洗い場に崩れ落ちた。

一寿はすぐに隣室に電話した。

紫織が受話器を取った。

「あら、伯父さま、いろいろときょうはありがとうございました」

「疲れただろう。お母さんに言い忘れていたことがあったんだ。ちょっと代わってくれないかな」

「ええと、お母さまは……あの……」

電話も一寿の方で用意してやった。子機がついているので、風呂でも話せるはずだ。

「疲れて休んでいるところだったかな」

「いいえ、ちょっと待ってくださいね」

伯父とはいえ、男の一寿には、深雪が風呂に入っていると言うのがはばかられるのだろう。

「はい、代わりました」

「もう休んでいたんじゃなかったのかな。引越しは疲れるものだ」

「いえ、まだそんな時間じゃありませんから……」

気怠《けだる》い声。それでも、よく響く。浴室内で話しているためだ。一寿は戸惑っている深雪の表情をマジックミラー越しに眺めてにやにやしていた。

「ひょっとして、風呂に入っていたんじゃないのか。そんなときに電話して悪かったな」

「えっ？　いえ、そんな……」

動揺している深雪がおかしい。

「声がよく響く。風呂で話しているんじゃないかというのは想像がつくんだ」

思わず乳房を隠した深雪を見ながら、一寿はクッと笑った。

「男手がいるならいつでも人をやるから、遠慮なく言ってくれ」

たった今も、男が欲しいんだろう。指で慰めるより、太い奴《やつ》をぶちこまれる方がいいに決まっているからな……。そんなことを言いたくて、一寿は深雪に向かって唇を歪《ゆが》めた。

「風邪をひかせるといけない。話はまたにしよう。かたづいたらおおいに働いてもらうから、躰にだけは気をつけてくれ」

「は、はい……いろいろとお世話さまでした」

電話が切れると深雪は子機を置き、ふいの電話に動悸《どうき》がしているのか胸を押さえ、大きな息を吐いた。それから秘園に湯をかけ、自慰で汚れたぬめりを洗い流した。そして、鏡を見つめると、もう一度深い息をつき、湯槽に入った。

引越しの疲れと自慰の疲れで目を閉じた深雪は、そのまま眠ってしまいそうなほど、総身の力を抜いていた。

「そうやってゆったりしていられるのは今のうちだ。あまり自分で体力を消耗しないようにしておくんだな」

鼻先で笑った一寿は、グラスに残っていたストレートのブランデーの残りを一気に空けた。

3

細い黒革の拘束具は、縄のように女の全身をいましめていた。

豊満な乳房を上下から絞りあげ、首にもまわり、股間にも伸びている。うしろにまわった二の腕と手首にも拘束具が施されており、一見して亀甲縛りのようだ。

縄なら交わらせたり結んだりするが、丈夫なリングが角度のちがう方向へと向かう革紐《かわひも》どうしを繋いでいた。

まだ春だというのに、ショートカットの女の肌は、南の国で泳いできたように健康的な小麦色をしていた。腰はくびれているが、さして細くはない。女という前に、いかにも繁殖能力にふさわしい時期のメスといった感じだ。

揃いの黒革のアイマスクも塡《は》められ、鼻まで隠れている女は、視界を遮られているだけに、次に何が起こるかわからず、不安と恐怖におどおどしているのが、そっとふれただけでびくりとする反応からもわかった。

「浮気は許さんと言ったはずだぞ。どこの誰ともわからんような奴と寝たんだ。覚悟はできてるんだろうな」

「ゆ、許して、パパ……」

「フン、そんな甘い声出したって、いまさら遅いんだ。こってり仕置してやるからな」

「目隠しはずして」

「ふふ、あとでな」

女子大生の裕美《ひろみ》は、ここ一年ばかり門脇一寿の愛人のひとりだった。週に一、二度のセックスで小遣いを与えられている、いわば契約愛人といったところだ。ほかにも女のいる一寿にとって、ひとりの女には、せいぜいその回数しかこなせない。

一寿が裕美を愛人にするにあたって言ったことは、ほかの男とつきあってもいいが、決して俺に悟られるなということだった。

元気な盛りの十九歳の裕美が、一寿との回数で満足できるはずはなく、ときどきほかの男ともホテルに行ったり、自分の部屋に入れたりしていた。

ほかの男ともつきあっていいと言われていただけに、裕美はさして警戒していなかった。四十歳ぐらいの金払いのいい見知らぬ男に飲み屋で声をかけられ、やけに話が合い、果てはホテルに行ったというだけだ。それが、たまたまホテルから出てくるところを一寿に見られてしまい、男は脅され、裕美はそのままこの部屋に連れてこられ、力ずくで拘束されてしまった。

アイマスクをされて暗闇の世界にいることが不安だ。

「あの男は何回イッたんだ。正直に答えたら許してやってもいいんだぞ」

「三回……」

「ほう、二時間で三回とは、あの男も年の割にはたいしたものだ。まるで十五、六歳の青臭いガキみたいだな。で、おまえは何回イッたんだ」

「わ、わからない」

「わからんだと？　つまり、数えられないほどイキ続けていたというわけか。まさか、イカなかったというわけじゃないだろうな」

裕美は真っ赤なルージュを塗った唇をかすかに動かした。

「どうなんだ。えっ？　黙ってる気か。この淫乱女」

つんと上がった尻たぶを、一寿は房鞭《ふさむち》でピシリと打ちのめした。

「ヒッ！」

ふいの打擲《ちょうちゃく》に汗を噴きこぼしてびくりとしたとき、ちょうど股間のスリットの真上を通っている拘束具が割れ目に入りこんだ。

「あ……痛い。パパ、はずして。アソコが痛いの。こんなことしないで」

やわやわした粘膜にどこまでも食いこんでいきそうな気配の丈夫な革紐に、裕美は早くも泣き声をあげた。

「アソコとはどこのことだ。アソコにもいろいろあるからな」

また尻たぶを打ちのめした。

「痛っ！」

視界が遮られているために、いつ何をされるかわからず、一寿の行為がいっそうこたえた。力が分散される房鞭だけに、それ自体の痛みはさほどではないが、緊張するだけ怖気《おじけ》づいて萎縮する。そのたびに、スリットに入りこんだ拘束具が、さらに深く食いこんでいく。

「ア、アソコが痛い、パパ……」

「アソコとはどこだと聞いてるだろうが」

大きく房鞭を振り下ろした。

「痛っ！　ぶたないで！　オ、オマ×コ……」

「オマ×コだと？　どんな顔して言ってるのか見られないのが残念だな」

股間の革紐を引っ張って隙間《すきま》をつくった一寿は、卵形の小さなバイブを押しこんで肉芽の上に置き、スイッチを入れた。低い唸《うな》りがした。

「あっ！　あ！　やめて！　パパっ！」

バイブをはずそうと、裕美はくねくねと尻を振りたくった。しかし、しっかりと挟まれたバイブははずれるはずもなく、敏感な肉芽の上で激しい震動を続けた。

「あはァん、いやっ！　はずして！」

腰をもじつかせたり、ひざまずいてみたり、裕美は何とか淫らな玩具をはずそうとしていた。

そんな裕美を眺めてにやにやしながら、一寿はうしろにまわって、鞭《むち》で思いきり尻っぺたを打ちのめした。

「あう！」

恐怖とバイブの刺激に、裕美はびっしょり汗をかいて総身をぬめ光らせていた。

「もうすぐイクんじゃないのか。我慢できたら許してやるが、イッたりしたら、仕置だからな。さっきまで、さんざんあの男とやってきたんだ。少しは我慢しろ」

「ああっ！　だめっ！　い、いっちゃう！　はずして！　んんっ……あう……うくっ……あ、ああっ！」

ひざまずくようにしてうずくまっていた裕美が、電気ショックを当てられたように上半身を激しく痙攣させた。ガクガクと機械のような動きをしたあと、裕美は床に尻をついてへたりこんだ。それでもバイブはとまらず、裕美はそのままの姿で気をやり続けていた。

「ゆ……許して……あああ……」

無様に口をあけたまま、裕美は半分泣いていた。

「ほかのことならいいのか」

「やめてェ……ほかのこと……あぁん……」

「好き者のくせに、気をやるのはそれだけでいいのか」

スイッチをとめた一寿は、バイブを抜くと、股間の革紐だけはずした。透明なぬめりが黒革を汚していた。

「舐《な》めろ！」

蜜液で濡れた部分を、裕美の唇に押し当てた。

「うくっ！」

裕美はいやいやをしたが、一寿は舐めるまで許さなかった。

一寿はアブノーマルな性癖の持ち主だ。だが、愛人のすべてとそんなプレイをしているわけではない。プレイに最適な女とノーマルなセックスで十分な女がいる。

裕美とはほとんどノーマルな関係で、バイブぐらい使ったが、これまでくくったりしたことはなかった。それが、きょうは拘束具を使い、アイマスクまでして、お遊び程度のものとはいえ房鞭も使った。裕美は十分すぎるほど怯《おび》えているはずだ。

「おう、ちょうどよかった」

一寿の誰かに対する唐突な言葉に、裕美ははっとした。

「裕美、おまえをこってり可愛がってくれる人がきたから私は休憩するからな」

「いやっ！　解いて！　パパっ！」

「ひとりでも多くの男と寝たいんだろう？　いい男を紹介してやるんだ。感謝しろ」

やってきたのは、センチュリー開発代表取締役の大石憲明《のりあき》だった。

一寿の経営する会社がビルなどの設備工事なら、大石の会社は建設会社で、彼から請け負う仕事は魅力だ。こうやってときおり女を斡旋《あっせん》し、自由に楽しんでもらっている。

そもそも、きょう裕美に声をかけてホテルに誘った四十男も、一寿の差し金だったし、ホテルから出て来る裕美たちを一寿が目撃したのも偶然ではなかった。

大石は誕生日がくれば五十歳になる。白髪の多い、どこかヤクザの親分めいた雰囲気を持つ男だ。

「ほう、健康そのものといった女だ。年の差を考えると、ノーマルにつき合っていたら身がもたんだろうな。目隠ししてあるのは残念だが、こうすると敏感になるからな」

裕美には聞き覚えのない声の男だった。

絞りあげられている乳房のまん中でツンと立ち上がっている乳首を、大石は両方同時に指先で軽く弾いた。

「あう！」

相手がわからないだけに、いくら遊び好きの裕美とはいえ、おとなしく身をまかせる気にはなれなかった。まして、歩ける状態とはいえ、目隠しされ、拘束されているのだ。

見知らぬ男の指が乳首だけをねっとりと責めた。つんとつついたり、軽く撫《な》でてみたり、それ以上のことはしない。

「あぁん、や……いやん……」

脚が自由なので、裕美はいやと言いながら、少しずつあとじさっていった。が、やがて背中が壁に当たった。

ギュッと乳房をつかまれ、裕美は、ヒッ、と声をあげた。片方の乳房をぐいと握られたまま壁に押しつけられた。

激しい鼓動と波打つ乳房を、大石は余裕たっぷりに受け止めていた。

片方の手が茂みに這《は》い下りていった。薄くはない恥毛をかき分けると、そのあたりは汗でじっとりと湿っている。さらにスリットに指を伸ばすと、裕美の総身の細胞がキュッと引き締まった。

「いやいやと言いながら、ぬるぬるで大洪水のようだな」

指先が蜜液でたっぷりとまぶされた。

「おうおう、オマメもコリッとしてるじゃないか」

乳房を鷲《わし》づかみにして壁に押しつけたまま、熱い女芯のなかに中指を挿入した。そして、親指で肉芽や花びらを揉みしだいた。

「ああっ……はあっ……」

暗闇は今も恐《こわ》いが、男の指はやけに淫らで器用に動き、秘壺も小さな突起や花びらも、すぐにずくずくとしてきた。

「ああぁん……あん……あぁう……」

背中を壁で擦《こす》るようにしながら、裕美は腰をくねりくねりと揺らしていた。十九歳ですでに女の悦びを知っている裕美の熱い息が、絶え間なく大石の胸のあたりに向かって吐き出された。

大石は唐突にアイマスクを引きはがした。

「あ……」

恍惚《こうこつ》としはじめていた裕美は、現実に戻って喉を鳴らした。見知らぬ男が唇を歪めていた。

「このスケベ女め」

そう言ったものの、目の大きな、想像していたよりすれた感じはしない顔つきの女だ。

(人は見かけによらぬものとはこういうことか。ウブです、とでも言えば、それで通らんこともないな)

「やめて……」

「アハンアハンと鼻を鳴らしていたくせに、何がやめてだ。もっと欲しいんだろう」

裕美はいやいやをした。

「そうかな」

秘園をまたさっきのようにじっくりと愛撫《あいぶ》した。

「ああっ……ああ……」

鼻にかかった甘い声に、確実に昂《たか》まっていくのがわかった。むずがるように尻《じ》をもじつかせている。早くイキたくてたまらないときの女のしぐさだ。それを無視して焦らしながら指を動かした。

「早く……あああ、もうすぐ……」

ますます鼻にかかった声を出した裕美に、大石は指を抜き、ぬめりのついた指を口に押しこんだ。

「んく……」

「欲しけりゃ、犬になれ！」

やさしい指の動きは夢だったのかと思えるほど、大石の言葉は険しかった。

「何をぼっとしてる。さっさと床にひざまずいて頭をつけろ。ケツをあげろと言ってるんだ」

「いや……」

とたんに二の腕をぐいと引っ張られ、乱暴に床にねじ伏せられた。

「犬になれ！」

「パパ！　助けて！」

煙草をふかしている一寿が目に入り、裕美は救いを求めた。

「おまえはほかの男と簡単に寝る女だ。誰とでも楽しくやれるんじゃないのか。言うことを聞かないと、次は何が待ってるか知らんぞ」

フウッと青白い煙を吐き出した一寿は、とぼけた顔をして裕美を見つめた。

「ごめんなさい、パパ。もう浮気しないわ。だから助けて」

「浮気するなとは言ってないからな」

「さっさと言うとおりにしろ！」

落ちていた房鞭で尻を打ちのめしたつもりの大石だったが、ソフト鞭なのでたいした仕置にならないのがわかり、思わず一寿の顔を見て笑った。

鞭を捨てた大石は、平手で力いっぱい尻をひっぱたいた。肉を弾くとびっきり景気のいい音が室内に響きわたった。

「ヒッ！」

強烈な力に、うしろ手に拘束されている裕美はバランスがとれずにつんのめった。

「ぶ、ぶたないで」

裕美は躰を立て直してひざまずき、頭を床につけて尻をかかげた。

「ケツは開発されてるのか。ん？」

裕美はただおぞけだっていた。

「ほとんどノーマルにしか扱ってこなかったから、これからどんなふうにも楽しめる」

一寿が横から言った。

「何だ、まだか。そりゃあ、あんたにしては珍しい。楽しみだ」

満面に笑みを浮かべた大石は、裕美のすぼんだ菊花にフッと息を吹きかけた。

「あう……」

尻が左右に大きく揺れたのを、強めのスパンキングで諫《いさ》めた。

小豆《あずき》色の菊皺を、大石はゆっくりとこねくりはじめた。

「あああっ、いやっ！　そんなとこ、いやっ！」

指から逃れようとした裕美だったが、コンドームを指にかぶせた大石がズブリと中心を貫いた。

「ヒッ！」

菊口がキュッと閉じ、大石の指を堅く咥《くわ》えこんだ。

「裂かれたくなかったら、ケツの穴の力を抜けよ」

「や、やめ……ああ……やめて！」

恐怖と気色悪さに、どっと脂汗が滲《にじ》んだ。床についた肩先にまで力が入り、痛い。顔は自然に横向きになっていたが、その視線の向こうに一寿の笑いがあった。

菊口に入りこんだ指がゆっくりと抽送をはじめた。

「いや……あああ、だ、だめ……」

尻を動かせば傷つくようで、裕美は汗を噴きこぼしながら身動きできなかった。

気色悪いが、浅いところの粘膜を刺激されると妖《あや》しい気持ちになった。くすぐられている
のか刺激されているのかわからない、複雑な感触だ。

大石の片手が花びらのあわいめにも入りこんだ。

「んん……」

「びっしょり濡れて、おまえ、ケツでも感じてるな。そんなにうしろが好きか。よしよし、
もっといい気持ちにしてやるから楽しみにしてろ」

女芯をいじくりまわしながら菊蕾の抽送を続けた。ほんの少しずつ菊花がほぐれてくる。

ほぐれてきたところで、もう一本の指をこじ入れていった。

「痛っ……や、いやっ！」

小麦色の総身が水を浴びたように汗で濡れ光っている。うしろ手に拘束されて重なった手
の指を、ギュッとつかんで拳をつくり、裕美は恥ずかしい大石からのいたぶりに、頭のなか
まで火のように熱くなっていた。

「ほうれ、もうじき二本とも飲みこむぞ。息を吐け。切《き》れ痔《じ》になったら後悔するぞ」

「あぁう……」

菊口が裂けそうな恐怖に顔を引きつらせながらも、裕美は言われたように何とか息を吐い

たかった。


た。それでも、二本もの指となると、やけに太い感じがし、できるならすぐにでも逃げ出したかった。

ようやく二本とも根元まで入りこみ、ゆっくりと抽送がはじまった。はじめてなので菊口が堅く、なかなかスムーズな抽送とはいかない。

「きょうはここまでで勘弁してやるが、次はゴムみたいにやわらかくなるまでだぞ」

大石の言葉に裕美はぞくりとした。コンドームをかぶせた指が引き抜かれた。

裕美の腰をつかんだ大石の太く長い肉茎が、うしろからグイッと女芯を貫いた。

「んんん……」

子宮まで突き破られそうな感覚だ。

精力の強い大石はなかなか気をやらなかった。何度も激しくうがたれる裕美は、床についている肩先が擦れて痛みを感じた。

「ちょっと休憩したらどうです。裕美の躰がこなごなになりそうだ」

ようやく一寿が口をひらいた。

「ああ、そうするか。はじめての女だとついつい頑張ってしまう」

剛棒を抜いた大石が汗をぬぐった。

裕美はかかげた尻を落として躰を横に倒した。花びらが充血してふくらんでいる。

「裕美、おまえは休むな。俺のものをしゃぶれ」

「パパ、もう許して……」

「しゃぶるのがいやなら、ケツに入れてやろうか」

腰を抱き起こして菊口に亀頭をつけると、半分ぐったりとなっていた裕美が、「ヒッ！」と叫んで目をあけた。

「おしゃぶりするから許して……」

ひざまずいた裕美は、反り返っている一寿の肉柱を口に含んだ。

疲れ果て、いつものような勢いはなく、惰性で首を動かしている裕美に、一寿は自分から腰を動かして抜き差しし、喉に向かって精液を噴きこぼした。

それから、ふたたび大石に代わって本番がはじまると、裕美は女園をヒリつかせながらも絶頂を極め、そのまま気を失ってしまった。

第二章　美花淫辱

1

中学卒業から高校入学まではまとまった休日がある。

深雪たちの引越しの後かたづけが終わったところで、門脇一寿は英語に興味のある紫織を、知り合いのアメリカ人宅に一週間ばかり預けることに成功した。

そのアメリカ人は一寿の妻の知り合いだ。アメリカンスクールに通っている中学生の娘がひとりいて、ごく普通の真面目な夫婦だ。

アメリカンスクールには日本人もいるが、そのアニタという娘は、普通の学校に通っている日本人の友だちを欲しがっていると妻から聞いたことがあった。

入学前に遊んでくるつもりで生の英語に接してきてはと勧めると、外国人の知り合いなどいない紫織は喜んで、ふたつ返事でその気になった。

まずは深雪もアニタの家に顔を出した。そして、いかにも善良そうなアニタと夫妻を見てた。

安心して戻ってきたのだ。

一寿がアニタの家までふたりを車で送ってやり、深雪だけを乗せてマンションに戻ってきた。

「お義兄さま、いろいろと気をつかってくださって本当にありがとうございます。外国の方の家にいきなり一週間なんて不安だったんですけど、紫織があんなに嬉しそうにしていましたし、いい方たちのようで、私、すっかり安心しました。孝さんも、きっとお義兄さまに感謝しておりますわ」

これまでなぜ、この義兄をあまり好きではないタイプだと思ってきたのだろう。こんないい人だったのに……と、深雪は一寿に対する警戒を解いていた。

「お上がりになってコーヒーでもいかがですか」

「それはありがたい。ちょうど喉が渇いたところだった」

深雪から誘われなければ、一寿は何か口実をつくってでも上がりこむつもりだった。

「ビールの方がよろしいかしら」

「深雪さんは晩酌でもしているのか」

「いえ、私はいただきません」

「誰が呑むんだ」

まだ男はできていないはずだと思った。

「孝さんの知り合いのお客さまがいらっしゃったときや、お義兄さまがいらっしゃったときはビールの方がよろしいかと。でも、お車ですね」

「代行か、人を呼べばいい」

このしとやかな女が、指を使ってときどき自分を慰めているのだと思うと、一寿は昂《たかぶ》ってならなかった。

深雪が引越してきた当日と、それから昨夜までの間に、三度も風呂で慰めたのを観察した。毎日隣室でマジックミラーとにらめっこしている一寿ではないので、それ以上、深雪は恥ずかしいことをしているはずだ。それに、ベッドに入ってからも何度か自慰を行ったにちがいない。もしかすると、毎日のようにそうしているのではないか。一寿は想像するとウズウズした。

「深雪さんも少しならビールぐらい呑めたんじゃなかったか」

「ええ、ほんの少しでしたら」

「じゃあ、たまには少しぐらい呑んだらどうだ。私も冷たいのがいただけたら嬉しいんだが。このごろ和室の方がくつろげるんだが、いいかな」

「ええ、和室はいつもあけてあります。どうぞ」

深雪が運んできたビールをまずはぐいと空けた一寿は、少ししか呑んでいない深雪にも空けるように勧めた。

「いえ、私はあまり呑めませんから」

「呑むと案外淫らになるんじゃないのか。それで、男の私を前に警戒しているのかな」

「えっ？」

軽薄な笑いを浮かべた一寿に、深雪はふいに現実に戻された気がした。近しさを感じはじめたばかりの一寿が、また遠くに離れていくようだった。

「孝とは毎日、アレ、してたんじゃないのか。一年以上も男なしじゃ、身がもたないだろう」

破廉恥な言葉に深雪は目を見ひらいた。

「お義兄さま、もうお酔いになったわけじゃないんでしょう。そんなこと、二度とおっしゃらないで」

紫織がいないときに一寿を部屋に入れたことを、深雪は早くも後悔した。

まだビールを呑みはじめたばかりだ。大瓶がやけに大きく見える。それが空いたら、一本しかなかったと言って帰そう……。

深雪はそんな子供騙《だま》しの言葉を考えていた。

「まだ酔うはずがないだろう。三十四歳で未亡人じゃ、女盛りで躰が火照ってしようがないだろう。私にできることなら何でも面倒みてやりたいと思っている。紫織の学費のことやこの部屋のことだけでなく、その躰のことも」

ブラウスの下を透かすような淫猥《いんわい》な視線で見つめる一寿に、深雪は思わず胸のあたりを手で隠した。

「おやめになって。いくらお義兄さままでもそんな冗談、あんまりです」

出ていってくださいと言いたいのをかろうじて堪えたのは、紫織のことを含めた生活のすべてを一寿にまかせたためだ。角《かど》が立つことは避けなければならなかった。

「その白く細い指で淫らなことをしていると知ったとき、このままでは可哀相《かわいそう》だと思ったんだ。ひとりで慰めているなんて虚しいだろう」

「何をおっしゃるの」

まだグラス一杯のビールも空けていないというのに、深雪はかっと火照って耳朶《みみたぶ》まで真っ赤に染めた。

「言いにくいことなんだがね、この部屋に住んでいた前の住人が、風呂に小さなカメラを仕掛けて出て行ってたんだ。それに、オナニーしているきみがすっかり映っていたというわけさ。紫織といっしょに入ったときのものだ。紫織が先に出て行ったあと、鏡の前に立ってオナニーしたのを覚えているか」

崖から突き落とされるような衝撃だった。引越してきたその夜のことだ。深雪はあまりの恥ずかしさに死にたいほどだった。

羞恥に身のやり場をなくしている深雪にほくそえみながら、一寿はつくり話をはじめた。

近くまで来たことがあって寄ってみようとしたとき、妙な奴が鍵をあけてこの部屋に入ろうとしていた。部屋の合鍵を持っているなどおかしいと思って追及したところ、引越したはずの住人で、仕掛けたカメラを取りにきたところだった。

「もちろん、今は何もない。大丈夫だ。テープは私しか見ていない。そいつを警察に突き出しては、警察の連中にテープを見られるのはむろんだが、きみもいろいろそれについて尋ねられるだろうから、恥ずかしい思いをすると思ってやめたよ」

深雪は胸苦しかった。

(あんな恥ずかしい姿をお義兄さまに見られてしまっていたなんて……)

今まで何も知らずにいた。きょうでさえ、いつもどおりに一寿に接し、アニタの家まで彼の車で往復した。

一寿があの風呂での自慰の姿を知っていたのだと思うと、狂いそうになる。決して他人に見られてはならない姿だった。

「きみにも黙っていようと思ったんだ。しかし、テープに映っていた姿があまりに哀しすぎてね。その若さで男なしというのはいけない。不自然だ」

風呂の鏡がマジックミラーになっているというのは、あくまでも秘密だ。秘密保持のためには、今のようなつくり話がいい。どうせ深雪は、妙な男が仕掛けたということになっているカメラの知識などないに等しいだろう。

だが、わざわざまわりくどく、そんなつくり話などしなくてもよかったのだ。部屋に入るなり押し倒し、手っとり早く抱いてもよかった。

それをこんな話をする気になったのは、マジックミラーの仕掛けを隠しておくためだけでなく、自慰を口にしたとき、深雪がどんな顔をするか、見てみたかったためだ。

色が白いだけに、羞恥の色が際立っている。耳朶や頬や、瞼が色づき、顔だけでなく首にも薄い汗が滲んでいる。

オナニー？　それがどうしたっていうの。そんなふうには決して居直れないだろう上品な深雪。そんなことをしているのを知られるだけでも恥ずかしいだろうに、すっかり一部始終を見られてしまったとなれば、動揺するのも当然だ。

「もうその指でオナニーなんかさせやしない。私が可愛がってやる。孝も喜んでくれるだろう。いまだから言うが、私ははじめてあいつにきみを紹介されたときから惚《ほ》れてたんだ。孝がいなくなった今、きみに惚れていた私がきみを可愛がるというのは、しごく自然じゃないか」

一寿の股間はすでに勃起していた。

「い、いくらお義兄さまでもそんなこと……もうお帰りになって」

それだけ言うのがやっとだった。

近づいた一寿に、深雪は怯えた顔をして尻であとじさった。

「おまえがオナニーしているテープを紫織が見たらどう思うだろうな。ショックで口もきいてくれなくなるぞ。まだ私が保管してるんだ」

短い間に一寿の義妹への呼び方は、「深雪さん」が「きみ」に、そして「おまえ」にと変わっていた。

「返してください」

「返せと言われても、元々、おまえのものじゃない。そんなことより、一年以上セックスがなくてウズウズしてるんだろう？」

猫撫で声で言った一寿は、もうお遊びはこれまでとばかりに、ぐいと深雪の腕をつかんで一気に引き寄せた。

「あっ！」

熱気をはらんだ一寿のぶ厚い唇が、薄いピンクのルージュを塗った深雪の唇を塞いだ。

「うぐ……」

いやいやをしておぞましい唇から逃れようとしたが、片手で引き寄せられ、片手で背中の方から抱きすくめられている力は大きな獣のもののようで、びくともしなかった。

一寿は舌をこじ入れようとした。深雪は、せいいっぱい歯を合わせて抵抗している。堅い白壁にぶち当たって、その先には入りこめそうにない。

だが、あらがいが強いだけ、立ちのぼる甘い熱気も強く、一寿の粗暴な欲求をいっそうかきたてた。

和室の方がくつろげると言ってここにビールを運ばせたのは、押し倒すにはリビングより和室に限ると思ったからだ。

寝室にこしたことはないが、若い女ならともかく、脂ののった深雪のようないい女は、ベッドより畳で犯す方が味わいがある。着物でなくブラウスとスカートというのは残念だが、これからいくらでも自由にできるという思いがあった。

口を塞いだまま、畳に押し倒した。

「ぐ……」

一気に上昇した深雪の体温を、一寿は唇にも服ごしの躰にも感じてわくわくした。

必死に抵抗しているのだろうが、男の力からすると他愛ない深雪の力を、隅に追いつめた小動物をいたぶるような気持ちで楽しんでいた。

まだ今は声をあげられる心配がある。唇を塞いだまま、腕を胸の下で押さえこんだ。

ブルーのスカートをめくりあげ、パンストごとパンティを引き下ろした。

「うぐ……」

いやいやと深雪の顔が動こうとする。ぐいと唇を押しつけ、唇が離れるのを阻止した。

手が伸びるのは深雪の膝のあたりまでだ。そのあとは片足をかけ、踝《くるぶし》まで無理矢理パンティを引き下ろした。

深雪は汗を噴きこぼしながら義兄の理不尽な行為を怒り、焦っていた。男の躰の下で剝き出しになっている秘部。かつて孝にしか見せたことがない中心だ。

脚を割って入った一寿の躰に、太腿がこじあけられた。無骨な指が汗ばんだ鼠蹊部《そけいぶ》を撫で、やわやわしたさほど縮れのない茂みを這い、スリットの周囲を確かめるように動いていった。

深雪は腰を振った。どうしてもこれから先の行為をやめさせなければならない。だが、指は確実にあわいめを過ぎ、女芯に入りこんだ。

「うぐぐ……」

深雪の腰は一瞬びくりと緊張し、総身から熱気が放たれた。

太腿や、恥毛を載せた肉マンジュウの汗の湿りとはちがう、ねっとりした肉のヒダの淫靡《いんび》な湿りが中指を浸した。

指一本をきつく締めつけているのは、女壺が締まっているせいか、力を入れて拒もうとしているせいかまだわからない。

ゆっくりと指を抽送させた。

「うぐ……ぐぐぐ……んぐ……」

いっそう汗を噴きこぼしながら、深雪は首と尻を動かした。

唇を塞がれているため、口で息をすることができず、熱い乱れた鼻息が一寿に吹きつけられた。それが湿りになるほど、深雪の体温は上昇していた。

破れんばかりの深雪の鼓動を聞きながら、一寿は指をそろりそろりと動かし続けた。

堅かった肉襞がゆるんでやわやわとした感触になったかと思うと、すぐさまキュッと締まる。耐えきれないようにまたゆるむ。その回数が重なるたびに、蜜液が溢《あふ》れてぬめりが多くなっていった。

チュクッ、クチュッ……。

ついに淫らな音となって、抽送のたびに、溢れる蜜を汲《く》み出すようになった。

中指を動かしながら親指で肉芽を触った。

「ぐ……」

また尻が跳ねた。

充血しているのがわかる堅い肉のマメだった。まるく円を描くようにして揉みほぐした。美肉の狭間《はざま》に入った指を締めつけてくる。

深雪の鼻息がさらに熱くなり、胸の喘ぎもエクスタシーを間近にした深く激しいものに変化していった。

くにゅくにゅっと肉芽を強く揉みしだいたとき、深雪は塞がれた口からくぐもった声を押し出した。腰が、下から一寿を突き上げた。二、三度バウンドし、同時に秘芯は、指をキュッキュッと思いきり締めつけてきた。鼓動は乱れきって、今にも心臓が飛び出すのではないかと思えるほどだ。

指を締めつける痙攣が徐々に弱くなり、完全に治まりそうになった時、一寿はようやく唇を離した。

紅のとれた唇は半びらきになり、虚《うつ》ろな目が空をさまよっていた。汗ばんだ首筋はぬらっとした感じで光っている。

「人にイカせてもらったのはずいぶんと久しぶりだろう。自分の指でするより何倍もいいだろう。毎日、太いものが欲しくて欲しくてたまらなかったんだろう。あの激しいオナニーには驚いたぞ。べっとり濡れて男を欲しがってるオマ×コを、たっぷり可愛がってやるからな」

「いやっ！」

ぐったりしていた深雪は息を吹き返したように目を見ひらき、喘いだ。

「浅ましいオナニーシーンを紫織に見せていいのか。あんな恥ずかしいことをしなくて済むように、可愛がってやるんじゃないか」

ほんの束《つか》の間怯《まひる》んだ深雪に、一寿の太い肉茎が突き刺された。

「あう！」

「ふふ、いいオマ×コだ。孝の奴、幸せだったな」

「ヒッ！」

ぐいと女壺の奥まで沈められた腰に、深雪は内臓が突き上げられるほどの衝撃を感じた。

「そら、どうだ。上等のチ×ポコだろう」

一寿は激しく腰を揺すりあげ、こねまわした。

「ああっ」

口をあけた深雪は眉間を悩ましく寄せ、挑発的なとしか言いようがない、男をますますその気にさせる苦悶《くもん》の表情をつくっていた。

一寿は発奮して突き上げた。

「あう！」

一寿の勝手な思いと裏腹に、深雪は犯されている怒り、孝だけのものであった躰が汚された哀しみ、一年ぶりのセックスによる粘膜の痛みなどに声をあげ、苦痛に顔を歪めていた。

杭《くい》を打ちこむように、太く堅いもので内臓を突き破るほど激しく肉襞を押し広げてくる剛棒。

突き上げられたときに思わず、あうっ、と声が押し出される。肉の棒が引かれるときに酸素を求めるように息を吸う。だが、ふたたび突かれ、声をあげる。その呻《うめ》きに似た振り絞った声を出す以外の余裕はなかった。

孝との営みを思い出し、もうじき一寿は果てるだろうと思った。だが、突いても突いても同じ力で突き上げてくる。恐るべき体力だ。

抵抗するすべをなくした深雪は、針に刺された昆虫のように、もはや自由のかけらもなかった。

突き上げてくる衝撃がやんだあと、一寿の剛直は卑猥《ひわい》に肉壺をこねくりまわした。

痛みがやわらぎ、ズーンとした感覚が広がりはじめた。忘れていた甘い肉襞の感覚が徐々に甦《よみがえ》ってきた。それは子宮を包み、もっとも鋭敏な肉のマメを脈打つように疼かせた。

「はあっ……」

心で拒んでいても、それを無視して迫《せ》りあがってくる肉の疼きに、深雪は喉を突き出した。

細く白い喉が食指をそそった。ふふと笑った一寿は、ブラウスとスリップをいっしょにまくりあげると、まずはブラジャーの上から乳房をつかんだ。

「い、いや……」

虚しく哀しい声だった。

一寿が舌舐めずりしながらフロントホックをはずした。押しこまれていたふたつのふくらみが弾み出た。

子供を生んだにしてはまだ淡い色をした果実がのったふたつの乳房は、覗《のぞ》き見ていたときよりさらに大きいように感じた。見るからに絹のようになめらかで、深雪にふさわしい上品な形の乳房だ。上品なだけ、下卑たオスの一寿を奮い立たせた。

両腋《りょうわき》から谷間に向かって乳房を絞りあげるようにした彼は、紫織と孝にたっぷり吸われただろう果実を厚い唇で挟み、感触を楽しんだ。

「ああう……」

すでに立ち上がっていた小さな果実は、いっそう堅くしこった。歯で軽くしごいた。

「あは……いやっ」

泣きそうな声だった。

深雪が感じているとわかると、こんどは乳首を舐めあげ、舌先でエロエロッと弄んだ。

「んんっ……」

胸を突き出した深雪は上半身をねじろうとした。

秘芯を刺したまま、乳房にしがみついた恰好《かっこう》で集中的に果実を口で弄んでいると、下半身の疼きに耐えかねた深雪は、ついにすすり泣きはじめた。

鼻頭を桜色に染めた深雪は兎《うさぎ》を連想させた。一寿の行為を拒もうとしていながら、絶え間なく駆けていく疼きに負けてしまっている自分が哀しいのか責めているのか、子供のようにときどき首を振る。

女芯を突き刺している肉柱は動かさないでいるのに、乳首の責めによって深雪の肉襞はひくひくと蠢《うごめ》き、抽送の再開を催促しているようだ。

「どうだ、欲しいか。欲しいなら欲しいと言ってみろ。言うまでオマ×コのマラは動かさんからな」

またペロペロとしこった乳首の先を舐めまわした。

「ああっ、いやっ……やめて」

こんな男に犯されているというのに、なぜこれほど躰がせつないのか。深雪は肉茎を欲しがっている女芯に歯ぎしりしたかった。欲しいなどと口が裂けても言えないだけに、涙がこぼれた。

すすり泣く深雪の声にますます心弾ませた一寿は、剛棒を抜き、乳首を離れ、スカートをまくりあげられ剝き出しになっている秘園に頭を持っていった。

「いや！」

恥ずかしいところを視姦され、凌辱《りょうじょく》されることを知り、深雪の意識は冷め、慌てた。だが、意識と裏腹に総身は火照った。

閉じようとする脚を、一寿はぐいと付け根をつかんで押し上げた。ひらくまいと深雪は尻でずり上がっていく。それを一寿が引き戻す。

抵抗されるのを楽しみながら、幾度かめには太腿を鷲づかみにして押さえこんだ。

淡い恥毛だけに柔肉のワレメ周辺には翳りが少なく、恥丘や陰唇に、じっとりした汗が浮かんでいる。充血してぼってりした花びらがワレメからはみ出し、肉のマメも包皮から顔を出していた。

すっかり蜜でぬめっている女園はパールピンクに輝き、紫織を産んでいるとは思えないほど美しかった。

だが、今まで一寿の太いものを飲みこんでいた秘口は口をあけ、貫かれたいと招いている。

ぬらりとした深雪の秘唇の奥のやわらかさとぬくもりを覚えている肉茎が、ピクッと反り返った。

一寿は秘園に顔を埋め、蟻《あり》の門渡《とわた》りから肉のマメに向かって舌全体で舐めあげた。

「んんっ！」

ぬめりが湧《わ》くように溢れ、花びらが立ち上がった。鼠蹊部がひくひくと痙攣した。

深雪がひと舐めで気をやったのは、これまでに昂まりきっていたせいだろう。

一寿はふたたび肉杭を挿入し、抽送を開始した。

2

「お母さま、すっかりアニタとお友だちになっちゃった。アニタの方がひとつ年下なんて思えないわ。躰も大きいし、お姉さんみたい。アニタのお父さまもお母さまもやさしいし、とっても楽しいわ」

はしゃいでいる紫織の声が受話器の向こうから聞こえてくる。

アニタの家庭ではじめての朝を迎えた紫織が、午前中さっそくかけてきた電話だ。

昨夜義兄に汚され、屈辱と哀しみにほとんど眠っていない深雪は、気怠い躰を引きずっていた。

「お母さま、どうしたの？」

黙りこくっている深雪に、一方的に喋《しゃべ》っていた紫織が、ようやく疑いの気持ちを持った。

「え？　何でもないわ」

「でも、何だか変じゃない？」

紫織が昨夜のことを知っているはずがない。それでも、娘に一部始終を見られていたような屈辱と不安に襲われた。

「それより、楽しそうでよかったわ」

深雪は話題を変えた。

「ねェ、お母さま。躰の具合でも悪いの？　紫織、帰ってもいいのよ」

「何言ってるの。実はお母さま、徹夜して本を読んじゃったの。それで、眠いの」

「あら、そんなに面白い本があったの？　じゃあ、ゆっくり休んでちょうだい。伯父さまから電話があったら、楽しくやってるって伝えてね。お母さま、伯父さまって案外面倒見がいいのね」

紫織はクスッと笑って電話を切った。

何とかごまかせたことでほっとして受話器を置いた深雪だったが、一寿の理不尽な行為を知らない紫織の最後のひとことを思うと、力が抜けていった。

一寿はその夜もやってきた。

覗き穴で義兄だと確かめると、深雪は声をひそめた。だが、諦めて帰ったと油断して、五分後の電話を取ると一寿からだった。

「居留守はいかんな」

「困ります」

「仕事の打ち合わせがあるだろう。荷物もすっかりかたづいたようだし、来週から働いてもらいたいんでね」

躰を奪われた義兄の会社で働くことなどできるはずがない。紫織を抱えて今後どうしていくか、深雪はそれも考え、朝まで眠れなかったのだ。

「お仕事はほかを探します。もちろん、このお部屋からも出て行くつもりですから、あと一週間ほど待ってください」

あてなどないが、ともかく、一寿から離れることが先決だ。紫織に何と言うかは、これから考えるしかない。

「引越したばかりというのに、何を遠慮してるんだ。仕事はやってくれると約束してくれたんじゃないか。それに、オマ×コもした仲じゃないか」

「お、おっしゃらないで」

何と恥ずかしいことを口にする男だろう。受話器を持つ深雪の手が汗ばんだ。

「聞いておきたいこともあった。風呂でのあの激しいオナニーのテープだが、もし本当にそんなものがあるのなら、ぜひ買いたいというもの好きがいて、どうすればいいか迷ってるところだ」

「困ります！」

ありもしないテープに怯えている深雪に、一寿はほくそえんだ。

テープを脅しにまんまと入りこんだ一寿だったが、そんなことをしなくても自分の所有するマンションだ。合鍵はポケットに入っていた。深雪を心身ともにいたぶるのが楽しくてならないだけだ。

疲れた顔をしている深雪だったが、昨夜より美しいと一寿は感じた。自分とひとつになった女への近しさがそう思わせるのかもしれない。

「ビール、もらおうか」

図々しく自分から要求した。

「このままお帰りになって」

「喉が渇いてるんだ。グラスはふたつ」

頬のあたりに浮かべていたつくり笑いを消した一寿に、深雪は慌てて立ち上がった。ビールが運ばれてくると、一寿はつまみを要求して深雪をキッチンに行かせ、その間に深雪のグラスに睡眠薬を入れてビールをついだ。

「つまみはいい。それより先に話からにしよう」

呼び戻してビールを呑ませると、深雪は呆気《あっけ》なく眠りこんだ。

「こんな野暮ったい服はやめだ。俺好みの衣装で装ってやる」

小道具は秘密サロンの隣室から運んできた。

眠りこんでいる深雪の服を脱がせていくのは楽しかった。剝き出しになっていく、吸いつくようでいてなめらかな白い肌を目にして、一寿は死んだ孝に嫉妬した。高校生だった深雪はどんな躰をしていただろう。どんな顔をして孝に処女を奪われたのだろう。

考えるだけで、過ぎた日々が惜しい。孝にひとり占めされていたことが口惜《くちお》しい。そのぶん、凶暴な血が湧きあがってくる。

素っ裸に剝いた深雪はゴムのようになっている。身体検査をしながら、ポラロイド写真もたっぷり撮ることにした。

座卓に上半身だけうつぶせにし、膝が畳につくようにして脚をひろげた。排泄器官のすぼまりから翳りに囲まれた秘貝まですっかり丸見えになり、まるで、うしろからして、と誘っているようだ。

打ちすえれば、とびきり上等の弾んだ肉音をたてそうなまるいセクシーな尻。今にも腰がくねりはじめるのではないかと思えた。

脚をさらにひろげ、ポラロイドカメラのシャッターを押した。うつぶせになっている全体の姿も撮った。

顔を横にし、座卓を抱いているようにして眠っている深雪の腋窩《えきか》には、そよそよした若草が生えている。見るからにやさしい繊毛は、黒ではなく、栗色《くりいろ》に見える。始末された腋窩より悩ましかった。

「孝の奴、ケツは使わなかったようだな。オマ×コのバージンは奪えなかったが、うしろのバージンはいただくぞ」

卑猥な指先で、うしろのすぼまりを撫で、鼻を押しつけて匂いを嗅《か》いだ。

「おお、たまらん」

残っているか否かわからないほどのほのかな排泄《はいせつ》の匂いは、秘園の匂い同様、一寿にとっては興奮剤だ。肉茎が即座に反り返った。

睡眠薬を混入したビールを飲ませているので、小量でも簡単には目覚めないだろう。

髪の毛の先から足の指先まで調べるようにゆっくりと見ていった。見ていきながら舐めたり吸いあげたりもした。オーデコロンなどつけていないようだが、甘やかな匂いがする。秘芯やうしろのすぼまりの淫靡な匂いも肌の匂いも、一寿の鼻息を荒くした。

腰の肉づきがいい。太っているわけではないが、いかにも熟れた人妻ですという感じで、むっちりというより、ねっとりした裸身だ。

「眠っているのもつまらんものだな。きれいに装ってやったら早く起きろよ」

景気よく赤い縄をしごいた。

どんなふうにいましめをしようかと考えていたが、結局、後ろ手にくくったあと、乳房を上下から絞りあげる胸縄をした。それから破廉恥に股間縄といきたいところだが、焦ることもない。きょうは軽い初歩的な縄がけだけで目覚めを待つことにした。

初歩的とはいえ、生まれてはじめていましめを受ける深雪にしてみれば、自分の姿を見て息がとまるほど驚くだろう。起きたところで股間縄をした方が、恥ずかしがるさまを見るには味わいがある。下段の胸縄からの縄尻をそのまま伸ばしておいた。うつぶせで寝かせておくので胸縄はゆるめにした。

一寿が勝手に冷蔵庫のビールを呑んでいると、ようやく深雪が目覚めた。

とろんとした目をあけ、動こうとした深雪は座卓にうつぶせている不自然さにはっとし、起き上がろうとして腕が伸びないことで慌てた。

「客を放ったまま眠るとは失礼じゃないか」

上半身を起こそうとして動けないと知った深雪は、自分の置かれている状況がすぐにはわからなかった。畳についている膝を動かすと、ようやく上体が起き上がった。

何ひとつ身につけていない躰に赤い縄がまわっていることに驚愕《きょうがく》し、汗が噴き出した。乳房が上下のロープに絞られ、双丘がひしゃげたような形で立ち上がっている。乳首はつんと尖《とが》っていた。

「こ、こんなこと……」

義兄の行為が信じられなかった。

「縄で装われた女は美しくなる。野暮ったい服よりよっぽどいい。気に入ったか」

「解いてください。正気ですか、お義兄さま」

亡き弟の妻を犯しただけでなく、今またアブノーマルな行為をしている一寿という男に、深雪は表皮だけでなく、内側から鳥肌立つような気がした。

「正気も正気。正気だからできることさ」

鼻で笑った一寿は、ひざまずいている深雪を引き寄せると、触る前からしこっている乳首を吸いあげた。

「いやっ！　ああっ……」

一寿から離れたいのと裏腹に胸は瞬間的に突き出され、頭ものけぞった。

おぞましい男を押しのけたいが、いましめをされていて動けない。自由を奪われているだけ、いつもより敏感になっていた。乳首からもうひとつの突起、クリトリスに向かって、一直線に快感が駆け抜けていった。

「ほう、やっぱりよく感じるな。縄で装われるのはいいものだろう。こうやって指を近づけただけで」

一寿の指先が乳首すれすれに差し出されてとまった。

「ヒッ！」

ふれられてもいない乳首がズクリとした。硬直したあと、秘芯からとろりとしたものが溢れた。

「と、解いて！　解いてください！」

くくられたままふれられるのは恐かった。皮膚という皮膚の神経が目覚めている。皮膚から鋭敏な神経が浮き上がっているようだった。

「なあ、この一年、躰が疼いて疼いてしかたなかったんだろう。毎日指であんなふうにしていたのか。おとなしそうな顔をしているくせに、おまえは相当淫乱女のようだな。これからは、決して欲求不満にはさせんから安心しろ。きのうもよがり声あげて何回もイッたんだったな」

指先が乳首を軽くつついた。

「あう！」

にやにやしている一寿が、その指を女芯に持っていった。

「あっ……」

たっぷり掬《すく》えるほどのぬめりがついた。

「これは何だ。オシッコじゃないだろう？」

指先を鼻に押し当てた一寿に、深雪は顔をそむけた。

「アンモニアの匂いはしない。それにぬるぬるしてるからな」

深雪の顎《あご》を持って強制的に元に戻した一寿は、舌を出してぬめった指を舐めあげてみせた。

「いや……」

屈辱だった。こんな男の前で蜜液を潤《うる》ませた自分が口惜しかった。

「こんなにジュースをしたたらせてくれているからには、こうされることが嬉しいというわけだな」

「解いてください！　こんな、こんなこと」

むだと知りながら、深雪は躍起になって肩先を動かし、いましめから逃れようとした。

いましめを施された女はなぜこんなにも美しくなるのか。ただでさえ匂うような女だった深雪が、女の性の哀しみを総身に滲ませ、理不尽な身の上を訴えている。

「ほれ、じっくり自分の姿を見てみろ」

胸縄をぐいと引いた一寿は、和室の隅の三面鏡の前に深雪を立たせた。

「ああ……」

映っている赤いいましめの女が自分であることを、深雪は否定したかった。恥毛もあらわな剝き出しの花園。咎人《とがにん》のように縄をかけられた胸。乳房を目立たせるためにまわっているような赤い縄だ。

ほつれ毛が額や頰に落ちた顔が、泣きそうになって歪んでいた。

「惚れ惚れするだろう。もっといい顔をして見せてくれ」

下段の胸縄から垂れている縄尻を取った一寿は、それを股間にくぐらせ、うしろからぐいっと上に引いた。

「ああっ！」

鏡に映った自分の姿に茫然《ぼうぜん》としているとき、ふいに柔肉の合わせめに食いこんできた縄の刺激に、深雪は前のめりになった。

「ほれ、感じるか」

「や、やめてっ！　あう！」

縄尻を持ってクイクイと上下させる一寿に、深雪は声をあげ続けた。

花裂が痛い。逃げようとすればいっそう深く食いこみそうで、破廉恥な行為から逃れようにも、思いきった動きをとることができない。

膝を合わせ、膝を曲げ、尻を引き、滑稽な姿で深雪が悶《もだ》えている。鏡のなかの操り人形を見つめながら、一寿はひときわ強く縄尻を引き上げた。

「ヒッ！　い、痛っ！」

深雪は目尻に涙をためた。

「クイクイやられるのがいいか、じっと動かないのがいいか、どっちがいい」

「動かさないで。お願い」

「よしよし、そのお願いとやらを聞いてやるか」

一寿はうしろから秘園を探って、二本の縄を分けて花びらと外側の陰唇の間に一本ずつそれを当てると、縄尻をまたひとつにしてうしろにまわした。

「ああ、いやっ」

秘裂に直接当たらなくなったものの、恥ずかしさに変わりはない。深雪は身悶えした。

引かれた縄尻はうしろで固定された。

「孝はこんなことはしてくれなかっただろう。赤フンがわりの股間縄の感触はどうだ」

「解いてください。こんな、こんな恥ずかしいこと……あんまりです、お義兄さま」

深雪は鏡を見る勇気も失せていた。

「さあ、股縄ができたところで歩いてもらおうか」

「そんな……いや」

「歩くまで、一枚ずつ、この写真を窓から撒《ま》き散らすからな」

ポイと足もとに放られたポラロイド写真に、深雪は短い声をあげた。

「アナログもたまにはいいものだろう？」

ビールを飲んでたちまち眠くなってしまったが、その間に、あられもない裸の姿を撮られていた。座卓の上にうつぶせて下半身は畳の上で足をひろげているそんなうしろ姿は、女園もアヌスも剝き出しで、とうてい正視できるものではない。

「まずはこれからいくか」

一枚を取った一寿は、窓をあけた。

「やめてっ！」

「この部屋を一周するなら考えてもいい。どうだ」

上品な女を弄ぶのは何と楽しいことか。一寿は哀訴する深雪に狡猾《こうかつ》な笑みを浮かべた。

「おっしゃるとおりにしますから、写真をしまってください。お願いです」

「歩いてからだ」

窓ぎわでひらひらさせると、深雪は顔を歪めたまま、慌ててヨチヨチと歩きはじめた。

「ああっ、いやです」

足を動かすたびに股縄が花びらだけでなく、クリトリスさえ両側から挟んで刺激する。痛みと妖しい刺激がいっしょくたになって、縄に犯されているという気がした。

まっすぐに堂々と歩くことなどできない。つい前かがみになり、膝が曲がって内股になる。踏み出す一歩が狭い。摺《す》り足のようになる。

「許して、お義兄さま」

一メートルも進まないうちに、深雪は立ち止まり、一寿に泣き顔を向けた。

「この写真、誰が拾うだろうな」

写真の隅を持ち、今にも指を放しそうなそぶりを見せると、深雪は躍起になって一寿に駆け寄ろうとした。そうしながら、股間に受ける縄の刺激に声をあげ、ついに畳に膝をついてうずくまった。

「まあ、はじめての股縄だ。きょうのところは勘弁してやるか。そのかわり、座卓に仰向《あおむ》けになって膝を立てるんだな」

「許して……どうしてこんなこと……あんまりです」

「ごたごた言うなら、さっさと全部ばら撒いておしまいにするか」

畳に散っているポラロイド写真をかき集めた。

「待って！」

「孝ほどのんびりした性格じゃないんだ。よく覚えといてくれよ」

深雪は唇を嚙《か》みながら、一寿の要求どおりの破廉恥な姿になった。

背中の下になっている腕が痛い。花びらの脇にまわっている縄の締めつけも痛い。

「アンヨはもっと大きくひらけ。膝をぐっとだ」

うぶ毛一本生えていない白いつるつるの足がMの字になった。

ピンクの花園を縦に割った二本の縄。歩いたことで刺激され、充血している花びら。花裂を濡らしている透明なぬめり。じっとり汗ばんだ鼠蹊部。喘いでいる腹部と乳房。羞恥に小刻みに震えている唇。

すべてが獣になった男を満足させた。

一寿は縄に締めつけられた花びらの内奥、深雪にとっては不本意な蜜で湿っている花芯に指をこじ入れた。

「あう！」

縄で狭められた女壺の入口に押し入った指は、その何倍も太いものに感じられた。

「オマ×コのなか、グチュグチュじゃないか」

「あああ……」

卑猥な指の抽送だけでもおかしくなりそうだというのに、一寿はときどき手を伸ばしていつもより敏感になっている乳首をつついた。深雪は汗まみれになってもがいた。

「もっとケツを振っていいぞ。おまえはいやらしい女なんだ。毎日、自分でココを触らないと堪《た》えられない女なんだ。そうだろう？　どうだと聞いてるんだ。えっ？」

肉襞をかきまわすと、深雪はのけぞりながら声をあげた。

「答えないなら、オナニーのビデオ、売りとばすぞ。この淫乱女」

指を二本にして抜き差しした。

「ヒッ！　や、やめてっ！　ああう」

肉のマメも同時にいじくりまわした。

「ああっ！　だ、だめっ！　んんっ！」

尻と乳房が跳ねた。大きく口をあけた深雪の喉が伸びきった。肉襞が指を何度も締めつけた。

花びらが開ききっている。見事な水中花だ。

股縄だけを解き、ポラロイドで撮った猥褻な写真のように、座卓に上半身だけうつぶせにさせ、尻たぶを打ちのめしたあと、うしろから犯した。

乱れきった深雪の髪が、いやいやをするたびに挑発的に揺れた。

(最高の女だ。孝の奴、こんなイイ女を先取りしやがって。しかし、ノーマルに抱いていたとはお粗末なことだ。これからたっぷり仕込んでやるからな)

青筋立った肉柱を、幾度も子宮めがけて打ちこんだ。

声をあげながら深雪は気をやった。それでも勢いづいている一寿の出し入れはやまなかった。

3

辱めを受けた義兄のもとで働くなど、深雪には堪え難いことだった。一寿の顔を見るのさえはばかられる。何も知らない紫織の顔を見るのさえ辛《つら》かった。

紫織の愛する父を、深雪は二度も裏切ったのだ。一寿から犯されたのが事実だとしても、真面目な深雪には、自分の裏切りとして罪の意識があった。

新聞の求人広告を見て、職探しをしようと思った。だが、たとえ仕事が見つかったとしても、紫織を緑が丘女子高校に通わせられるほどの高給をもらえるわけがない。蓄えは短い間に消えてしまうだろう。かといって、水商売のできる女でもない。

ひとつ年下のアメリカ人アニタとすっかり気の合ったらしい紫織は、深雪のもとに戻ってきてからも、電話で彼女とやり取りするようになっている。

その嬉々とした様子を見ていると、娘の将来を考え、せめて大学に入学するまでは義兄の偽りの庇護を受けるべきかと思ってみたりする。

入学したばかりというのに、学費が払えずに公立高校に移るのでは、紫織はどんなに惨《みじ》めな思いをするだろう。喜びが大きいだけ、希望に溢れているだけ、落胆は計り知れない。

それを思うと、自分の身を犠牲にしてでも、この一見平穏な生活を、紫織の前だけでは演じなければならないのかもしれないなどと思ってみたりもする。

愛する孝が残してくれた、たったひとりの娘の幸せのためなら、命さえ惜しくないのだと言い聞かせてみる。

(でも、私の躰は孝さんだけのもの。あんな汚らわしい人に触れられるのはいやっ。あんなことをされるのはいや。もういやっ)

よりによって、自分の指で慰めている恥ずかしいビデオを撮られてしまったことで弱みを握られ、一寿を挑発し、こんなことになってしまったのだ。二度と自分の指で慰めたりはすまいと心に誓った。

だが、憎むべき一寿と思っていながらも、一年ぶりに肉茎を受け入れたことで、秘肉が火照っているようだと感じることがある。そんな女の躰が哀しかった。

紫織が待望の緑が丘女子高校のセーラー服を着て登校をはじめた日、深雪は一寿の経営する門脇ビルシステムに勤めることになった。

前ぶれもなく、門脇から指示されたという運転手が迎えにきたときは唐突すぎて、仮病も居留守も使えなかった。

紫織がいないときの二度の来訪からぷっつり姿を見せなくなった一寿だったので、今後は関係を迫られないかもしれないと、深雪は淡い期待も抱いていた。しかし、それは甘すぎた。

不安から少しでも逃れるため、会社に行けば大勢の社員がいるので、マンションにいるよりかえって安全かもしれないと、気休めを思ってみるしかなかった。

社員に義妹だと紹介されたため、一寿の身内ということで、経理の仕事も親切に教えられ、思ったより早く仕事を覚えることができた。

真剣に働けば、一寿も社員としてのみ自分を扱ってくれるのではないか……。

何も起こらず、一週間が過ぎ、二週間が過ぎると、深雪はそう思いはじめた。だが、やはりそうはいかなかった。

「みんな、きみのことを飲みこみが早いと言っている。美人なのに鼻にかけず、感じもいい、すましたところもないと、非常に受けがいいようだ」

退社時間まぎわ、社長室に呼ばれて行くと、一寿は、きみ、などと深雪を他人行儀に呼んだ。

四階建、一部五階建の会社のビルの上階に社長室はあった。その階には一寿の部屋だけだ。

「まあ、慣れてくれて何よりなことだ」

センチュリー開発の代表取締役という大石も、ソファーに座っていた。

どこかヤクザめいたごま塩頭の男を見て、深雪は礼儀として丁寧に頭を下げたが、好きなタイプではなかった。それでも、一寿と一対一でないことでほっとしていた。

「これがいま話した義理の妹ですよ」

「ほう、亡くなった弟さんの奥さんはこんなに美人だったのか」

大石の目は素早く深雪の全身を上から下まで舐めるように眺めて採点した。

一寿は秘書にコーヒーを頼んだ。

好色な一寿だけに、秘書は若い女性と想像していたが、三十半ばの男だったことで、初めて出勤したとき、深雪は意外に思ったものだった。

「桂木《かつらぎ》君、アイツー・ジャパンに、あの書類、届けに行ってくれないか。きょうはそのまま帰っていいよ」

「わかりました。さっそく届けて参ります」

いつも桂木の顔は無表情に近い。なかなか覚えられないような特徴のない顔をしている。痩せたこの男を、どことなく不気味だと言った女子社員がいた。深雪も同じことを思った。

桂木は机の上の書類をまとめると、すぐに部屋から出ていった。

一寿は彼をドアまで送り、閉めると同時に鍵をかけた。社長の顔は、あっというまに卑しい男の顔へと変貌していた。

「合格でしょう、大石社長」

「むろんだ。小娘は色気がなくていかん。その点、きみの義理の妹は色気は満点。品もあってなかなかのものだ」

大石の目が一寿の狡猾な目と似ていることに気づき、深雪は鳥肌立った。

立ち上がった大石にいきなり引き寄せられ、唇を奪われ、深雪は息がとまりそうになった。

「むぐ……」

やめてと言ったつもりだったが、たばこ臭い大石の口が吸いつくように唇を覆っていた。

厚い胸を押した。首を振りたてておぞましい唇から逃れようとした。

「オナニーのビデオ、スッポンポンや縄でいましめた写真、いろいろあるんだ。今更断るわけにはいかんだろう？　紫織の将来もあるんだ。わが社の将来もな」

いかにセンチュリー開発に世話になっているかを、一寿は深雪の背中で喋っていた。だが、深雪はそんな言葉が耳に入るほど冷静ではなかった。何とか大石から逃れようと躍起になって全身で抵抗しようとしていた。

「なかなか元気な未亡人だな」

「いやっ！　やめて！」

大石が離れたとき、深雪は叫んだ。

「金をかけたビルだから、いくら声をあげても下までは聞こえんからな」

ふたりがかりで、呆気なくタイトスカートを脱がされ、堅牢《けんろう》な革張りのアームチェアに押しつけられるようにして座らされた。

「やめてっ！　やめてください！　あっ！」

たちまち深雪は、背もたれにうしろ手姿の上体を、肘掛部分には脚をひろげて固定されていた。マンションで深雪に屈辱を与えたあの憎むべき赤い縄が、こんな部屋にまで用意されていたのだ。

婦人科の内診台に上がるより恥ずかしい姿だった。上はブラウスを、下はスリップとショーツをつけたままの不自然な恰好で、深雪はふたりの視線に凌辱されていた。

「おまえは高給のうえに、この家賃のバカ高い東京で、あんな高価なマンションに住んでいる。娘は金のかかるお嬢さん学校に通わせている。そんな庶民が羨《うらや》む贅沢をしているからには、それなりの務めをしなくてはならん。そのくらいわかってるんだろう？」

一寿はそんなことをくどくどと言い聞かせ、大石社長にもときおり可愛がってもらうことで、会社はセンチュリー開発から円滑な受注を得ることができ、それは少なからぬ益をもたらすことになり、その一部は惜しみなく深雪たち親子のために流れることになるのだと、もっともらしく語った。

「お義兄さま、私は他人でも、紫織はあなたの姪じゃありませんか。こんな、こんなこと、なさらないで。正気にお戻りになって……」

狭めることのできない膝をわずかでもくっつけたいと、深雪はすでに固定されてしまっている脚に力を入れた。

「身内だからといって、額に汗して働いた金を湯水のごとく使うほど、私はバカな商売人じゃない。だからこそ、自分ではじめた会社をここまで大きくすることができたんだ。たいした金にもならんことをやっていた孝とはちがう」

「力強い義兄を持って幸せな未亡人だな。上品な顔をしてオナニーが趣味のようだが、手が使えんのが残念だろう」

大石の言葉に、深雪の抵抗の力が萎《な》えた。

一寿は、風呂場での自慰を大石に話しただけだろうか。それとも、それが映っているというビデオを見せてしまったのだろうか。深雪には恥ずかしさにうつむく自由しかなかった。

「深雪ほどの女はめったにいないはずだ。誰にも触らせたくないのを、あえてあなたには提供しようというんだ」

「わかった、わかった、そうしつこく言うな。きみの真意は十分わかってる」

一寿の言葉を途中で遮った大石は、深雪を正面から見つめた。

「しかし、きょうはたった三十分か。相変わらず、商売のうまい男だ」

薄いパンティストッキングを穿いた深雪の脚を、大石の太い手がスッとなぞった。

「あう……」

深雪の総身がブルッと震えた。

脚を大きくくつろげられていることでベージュ色のスリップの裾《すそ》はまくれ、同色のショーツはふたりの男に破廉恥に舟底を晒していた。その舟底は柔肉の割れ目を食いこませ、秘園の形をほっくらと浮き上がらせていた。

「ふふ、肉饅頭を食ってくれと言ってるみたいだな」

女園に視線を集中させている大石に気づき、深雪は視線から逃れようと尻を動かした。それは腰を卑猥にくねらせることにしかならず、男にいっそうオスの悦びを与えた。

「なかなかイイ女だ」

安っぽい言葉を吐いた大石は、深雪の顎を手に載せ、ぐいと持ち上げた。深雪は彼の掌の上で唇を嚙んで顔をそむけた。

にやりと笑った大石は、顎から手を離すと、ブラウスの上から両方の乳房をつかんだ。

「あう！」

端整な顔を歪めた深雪は半身をよじった。

ブラジャーごしの乳房は、それでも弾力に富み、大石の掌にやわらかい肌の感触を十二分に伝えてきた。

「ブラウスをズタズタにして引き剝《は》がしたいところだが」

「今は無理ですよ」

「素っ裸にしてくくりつけるべきだったかな」

「くくりなおすなら手伝おう」

「いや、裸に剝けばいいってもんじゃないだろう。だが、パンストだけは邪魔だな」

鋏《はさみ》を借りた大石は、太腿のあたりを持ち上げると、無造作に切り裂いた。

「ああ……」

晒された絹地のような白い太腿はブルッと震えた。

左右とも切り裂いた大石は、バナナの皮を剝くように用をなさなくなったパンストを剝ぎ取った。足首や腰の部分のパンストにも鋏を入れ、五、六枚に切り裂いた。そして、床に投げ捨てた。

「真っ白で産毛一本ない脚に、どうしてパンストなんか穿《は》くんだ。このままでも高級なストッキングをつけてるようなものじゃないか。どうしてもつけたいというのなら、ガーターベルトとストッキングに限る。野暮ったいパンストなんかやめるんだな」

肘掛けに載せられてくくりつけられ天井を向いている足の甲を、大石は舌で舐めあげた。

ねっとりした生あたたかい舌に、深雪はおぞけだった。足指を口に入れられたときには細胞が粟立《あわだ》った。指の間を舌先がツッと這った。

「あっ」

くすぐったさと気色悪さに深雪は足を引っこめようとした。だが、赤い縄は足首を肘掛からみじろぎもさせようとはしなかった。そうなると、どうしても尻や上半身を動かしてしまう。細い肩先や頭が悶え動くさまをちらちらと眺めながら、大石は足指と、その指の狭間へのねちねちとした愛撫をやめようとはしなかった。

「ああっ、いや……やめて。はあっ……い、いや……」

拘束されて同じところを愛撫されるのは、快感というより苦痛に近い責めだ。責めはそれでも花芯に疼きをもたらしていた。

苦痛と快感の交差した一方的な耐え難い行為に、深雪は足指を擦り合わせようとした。それを大石の手が阻止して、間を舐めあげる。生あたたかい舌の感触は、いっそう薄気味悪くねっちりとしてきた。

「いや。やめて……はああっ……」

じっとりと総身に汗が浮き出してきた。尻の下は特にべっとりとしている。じれったい愛撫は拷問《ごうもん》のようだ。

ショーツの舟底にいつしか染みが広がりはじめているのに深雪は気づかず、ただ身をくねらせ、声をあげ、肘掛椅子に躰を磔《はりつけ》られているようないましめの強固さに苦悶した。

「足を舐められてオマ×コが疼くとは、やっぱりおまえは好きものだな。パンティがびしょびしょじゃないか」

見物していた一寿は、上品な深雪が破廉恥な姿のまま顔を歪めて艶めかしくくねる姿に昂ぶった。そして、この美しい女を自分だけのものにしたかった。たとえ会社の利益に大きく関わるセンチュリー開発の代表取締役大石であっても、深雪を手渡そうとは思わない。だが、大学生の愛人裕美を大石に弄ばせたように、ときおり他人に自由にさせ、それを眺めていっそう昂ぶり、それまで以上にこってり弄ぶ癖がついてしまった。

これだけの女なら、大石はこれからも欲しがるだろう。大石が深雪を求めて弄ぶたび、一寿もますます彼女への執着の度合いを深めていくのだ。

「やめて。もうやめて……くっ……いや……し、舌を嚙みます」

いっそ舌を嚙んで死んだ方がましだというほどくすぐったかった。けれど、気色悪い快感は大石の舌や唇が動くたび、女芯を妖しく疼かせた。

「足の指とその濡れたオマ×コと、どっちを触られたい？　このままか、ソコを指で触られるか、どっちか選んでいいぞ」

「解いてください……いやっ。いやあっ」

深雪は汗を浮かべた鼻頭を染めて肩先を震わせた。義兄にも、はじめて会った大石にも、なぜこんな理不尽な目に遭わされなければならないのか。勤めている義兄の会社の社長室で、常識では考えられない辱めを受けている。これが夢ではないとしたら、何かが狂っているとしか思えない。

「もういや。こんなこと……こんなこと、やめて……やめてください……いやいやっ」

深雪の細い肩先の震えが大きくなってきた。やがて、クククッとしゃくりはじめた。だが、深雪の哀しみも、破廉恥な大股びらきの姿では、男たちにとっては哀れというより、性欲をそそる結果にしかならなかった。

大石はまた熱心に、深雪の足指がふやけるほど舐めまわした。

「はああっ……やめて……足はいや……そこはやめて……んくっ……」

すすり泣きながら、深雪は堅いロープの下からもがいた。

「そろそろ時間だな」

一寿が時計を見て言った。

「白けることを言うな。せっかくオツユをいっぱい出して悦んでくれているというのに」

また足指を咥えた大石に、深雪はこれまでになく総身で激しく抵抗した。頑丈な椅子がゴトゴトと動いた。

「深雪がシテシテと躰全体で催促してるというのに、そんなに足の指だけ舐めまわして、あなたも辛抱強いというか、ねちっこい人だ。いつまでも深雪をここに置いておくわけにはいかないし、続きはまたの楽しみにしてもらいましょうか」

顔をあげた大石が額の汗を手の甲でぬぐった。

「まったく白けることばかり言う奴だ」

ようやく足指への愛撫をやめた大石は、すっかり染みを広げてしまっているショーツの舟底の脇の布きれをずらした。やわらかい恥毛がわずかにはみ出した。ぬるぬるしている秘裂の合わせ目に、大石はぐいっと指を挿入した。

「あう」

ねっとりした鼠蹊部が緊張して引き締まった。

秘肉の内側は熱いほどにぬかるみ、根元まで押しこんだ指先に、子宮頸部のプルプルした感触があった。それを確かめて弄んだあと、指を二本にして、グニュグニュと肉襞をかきまわし、親指では肉のマメを摩擦した。

「んんんっ……はあっ……」

足指をいたぶられていたときに気色悪く疼いていた総身が、女の中心をいじられ弄ばれることで、一気に激しく昂まってきた。

全身に広がっていた疼きが子宮だけに集中し、それはさらに女壺と肉のマメだけに集まった。

「ああっ、いやっ」

眉間に皺を寄せ、身をよじった。

肩先と腰の動きが大きくなっただけ艶めかしさが増した。

グチュグチュとすぐに恥ずかしい蜜音がした。

「オマ×コが大洪水だ。指でこうだから、太いやつを押しこんでやったら、洩《も》らしたように
ジュースをしたたらせるんだろうな」

喘ぐ深雪の顔を見ながら、大石は卑しい笑いを浮かべて秘芯をこねくりまわした。

「ん、ん、んっ……」

深雪の声といっしょに、尻と内股がビクッビクッと緊張している。気をやる寸前の気配に、
大石は深雪の唇を塞いだ。

「うく……」

口を塞いだまま、大石はいっそう卑猥に女壺と肉のマメをいじりまわした。

いやいやと首を振り立てようにも頭は動かせず、女壺の指を避けようにも脚は固定されたまま大きく裂かれており、深雪は汗みどろになって爆《は》ぜる前の総身の体温を上昇させ続けていた。

大石の親指がグリグリと肉のマメを揉みたてた。

「くうっ！」

腰からエクスタシーの波が突風のように突き抜けていった。

第三章　恥虐儀式

1

親切ごかしの顔をして紫織をアニタとともに東京ディズニーランドに行かせた一寿は、郊外の別荘の広いリビングで深雪をいたぶっていた。紫織もそのうち自由にするつもりだが、まずは深雪を完全に自分の奴隷《どれい》としておきたかった。

世間体をはばかり、紫織の目を恐れる深雪が、自分の破廉恥な姿を公にされるのを恐れ、きょうも一寿についてきたが、まだ信頼も愛情もないのはわかっていた。

数回のプレイで簡単に女を自由にできるとは思っていない。しかも、孝に惚れぬいていた深雪だけに、その面影を消すのは容易ではなさそうだ。一時も早く肉に溺《おぼ》れるように仕向けたい。それが、今の一寿の生きがいだった。

「お義兄さま、あんな人にまで私をふれさせないで。どれだけ私を辱めれば気がおすみになるの」

どんなことになろうと、今度こそははっきりと拒絶しよう。そう思いながら、憎い一寿の誘いを断れなかった深雪は、きょうこそきっぱりと関係を絶たねばと思ってきた。しかし、紫織の幸福そうな高校生活を思うと、拒絶の気持ちも萎えてしまう。

帰宅すると、毎日、学校でのことを嬉しそうに話して聞かせる紫織だ。

「惚れた女をほかの男の自由にさせると、惚れているだけ嫉妬に狂いそうになる。その嫉妬が私をいっそう奮いたたせるんだ。おまえがまだ十代だったときから惚れていたんだ。百人の男に犯させて、声をあげるおまえに怒り、その嫉妬で死ぬほど弄んでみたい気がする」

「そんな……」

唇の端を歪めた一寿の言葉に、深雪はぞくりとした。

大石に弄ばせようとしたのもそういうことだったのだろうか。まだ大石に抱かれてはいないが、社長室で死ぬほど恥ずかしい姿で辱められた。またいつかあの男に渡されるかもしれないと思うと、いっそ狂ってしまいたいと思ってしまう。

「お義兄さま、お願い、ほかの人にあんなことをさせないで。紫織の今後の幸せが約束されるのなら、お義兄さまだけのものにはなります。でもほかの人はいやです。どうか私を哀れにお思いになって」

いつもとちがい、一寿のものになると言った深雪に、彼はほくそえんだ。

「私だけのものになると言うことは、何をしてもいいということだな」

深雪はコクッと喉を鳴らした。

たとえ触るなと言われても、きょうはたっぷりとプレイを楽しむつもりできた。まだ今まで数回しか楽しんでいない。それも、たいしてアブノーマルなことはしていない。縄化粧で楽しんだくらいだ。

「くくられたおまえが気に入った。くくらせてもらうぞ」

「恥ずかしいことはなさらないで」

股間にまわった赤い縄を思い出し、深雪は上気した。

「つべこべ言うな」

いかにも目立たないようにというように、地味なダークブルーのスーツを着た深雪を裸に剝くと、うしろ手に手首をくくって乳房の上下に胸縄をした。

白い深雪の躰は、これまですでに一寿に数回犯されてしまっているにもかかわらず、まだ恥じらいに震えていた。

乳房や秘園の翳りを一寿の視線から隠したい……。そう思っている深雪の心中が手に取るようにわかる落ち着きのない態度にみずみずしい女を感じ、心弾んだ。

「ひざまずいてフェラチオしろ。私のものを口でイカせてほしいんだ」

自らも裸になって一寿は腰を突き出した。

反り返った一寿のものを見るだけでもおぞましい。まして、シャワーも浴びていないそれを口に含むなど、深雪は考えただけで吐き気を催しそうになった。

「しろ」

一寿は胸縄を引っ張り、ためらっている深雪を力ずくでひざまずかせた。

ちょうど目の前の高さになった剛直に、深雪はいましめを受けた乳房を喘がせた。赤黒いミミズの這っているような血管が、いかにも精力絶倫といった感じで浮き上がっている。

「孝にしてやったようにしろ」

すすんで奉仕しようという意志のない深雪を即座に見て取った一寿は、肩まであるやわらかい黒髪を鷲づかみにした。

「あっ！」

「お義兄さまだけのものになると言ったさっきの言葉はどうした。さっさと命じられたとおりにしろ！」

つかんだ髪をもじゃもじゃしている股間の茂みにぐいっと引き寄せ、むりやり肉棒を口に含ませた。

「んぐ……」

亀頭が喉を突き、深雪は息がとまりそうになった。

「そら、どうした」

髪を放した一寿は、こんどは深雪の頭を両手でつかみ、自分で前後させた。

「うぐ……」

うしろ手にくくられているため躰のバランスが崩れ、深雪は倒れそうになった。

「十分以内にイカせろ。ザーメンは一滴残らず胃袋に入れろ。それができないなら、たっぷりしごいてやるからな」

頭を放した一寿に、深雪は肉柱を咥えたまま、ほんのひととき鼻で息を整えた。それから、脳裏に浮かびあがってくる孝に救いを求め、詫《わ》びながら細い首を動かした。

赤いいましめで白い総身を飾った深雪が、睫毛をフルフル震わせながらフェラチオしている。これまでの女のなかで最高だ。

最高というのはフェラチオのうまさではない。フェラチオはほとんど初心者というところだ。だが、この楚々とした上品で美しい女が奴隷の姿で自分に奉仕していると思うと、世界さえ征服したような思いに駆られる。

これはほんのプレイのはじまりだ。きょうはとことん辱め、これからの絶対服従を約束させたい。こんな下手なフェラチオで、たった十分で気をやれるはずがない。一寿はすでに次のことを考えていた。

太い肉茎を口いっぱいに含んでいることでたちまち顎が怠くなった深雪は、首を動かすのをやめようかどうしようかと考えていた。

孝のものをこうやって愛したことはあるが、こんなひざまずいた姿で施したことはない。ベッドの上でほんの束の間口に含み、側面を唇で愛撫するだけだった。それだけで孝は悦んでくれ、すぐに深雪を引き上げてご褒美というようにキスをしてくれた。激しいセックスではなかったが、十分満たされていた。孝の肌のぬくもりさえあればよかった。

「深雪、首を動かしてさえいればいいってものじゃないんだ。ねぶったり吸い上げたり、金玉を揉んだり、ほかにすることはいっぱいあるだろうが」

深雪としては必死にやっているつもりが、頭の上で苛立《いらだ》ちの声がした。

「もういい。そんなフェラチオじゃ、一時間たっても気をやるわけにはいかんな。何年人妻をやってたんだ」

肩を押されて離された。

「上の口は役に立たんし、下の口は試してみた。あと試してないのはケツの穴だけだな」

一寿が薄笑いを浮かべた。

「孝と味も素っ気もないセックスをしていたんじゃ、ケツは処女だな。私がその処女はいただく」

「い、いやっ！」

何というおぞましい言葉だろう。深雪は荒い息を吐きながらあとじさった。

故意にゆっくりと部屋の隅に獲物を追いつめていく一寿は、オス獣の余裕の笑みを浮かべていた。

怯えた女の顔はいい。どうせ逃げられないとわかっていながら、それでも諦めきれずに抵抗を試み、逃れようとする。居直られては面白味は半減だ。その点、深雪は男心をくすぐっているようなものだ。

見ひらいた大きな目。退きながら、来ないで、と言うように、いやいやをするしぐさがせっぱ詰まっていて、これもなかなかいい。

「慣れるとケツもいいものだぞ。ケツでするときの礼儀は、ちょっと考えればわかるだろうが、ウンチをひり出してきれいにしておくことだ」

「いや」

震える声ににやりとし、一気に近づいてつかまえた。

「いやっ！　いやあっ！」

全力であらがおうとする深雪を、二階への螺旋階段《らせんかいだん》の手すりに拘束した。

手加減して五十パーセント以下に薄めたグリセリン液を二百ccガラスシリンダーに半分入れてきた。ふだんはぬるま湯を注入することが多いが、深雪がはじめて経験するのだと思うと、強い刺激を与えたくなった。苦痛の顔を見るのも楽しみだ。グリセリンは、ずいぶん薄くしたが、はじめての深雪には百ccで十分のはずだ。

直径五センチもの太いガラスシリンダーを見て、深雪は必死の抵抗をはじめた。

手すりの反対側に立ち、深雪のうしろから近づくのは簡単だが、犬の恰好をさせて注入したい。

それには深雪を服従させなければならない。ねっちり焦らしてソフトに飼い慣らすより、ハードに手っとり早くやるつもりだ。きょう中に帰すのが惜しくなる。ひと晩泊まれるならゆとりもあるのにと舌打ちしたくなった。

「おとなしく四つん這いになるか」

「いや。いや。帰して！」

最初から、アブノーマルで破廉恥なことをされると予想していた深雪だったが、まさかアヌスを犯されようとは予想していなかった。考えただけで身の毛がよだつ。

「お義兄さまだけのものになると自分から言ったからには、私の望みどおりに何でもするのが当然とは思わないか」

「お、おかしなことをなさらないで」

「なさらないでか。上等な言葉だ。だが、どうせなら、シテと言ってほしいものだな」

房鞭を目の前でしごいて見せた。肌を傷つけることはないが、大学生の裕美に使ったものよりハードなものだ。

腹から鳩尾《みぞおち》、赤い縄で絞られた乳房まで、恐怖のため苦しそうに喘いでいる。薄くひらいた唇は細かく震えていた。

太腿に一撃を浴びせた。

「ヒッ！」

鞭の当たる肌を庇《かば》おうと身をよじった深雪だったが、手すりに拘束され、一寿の鞭から逃れられるはずがなかった。

生まれてはじめて受けた一撃に、痛みより恐怖が大きかった。自分の身にこんなことが起ころうなど、太腿に痛みが残る今もまだ信じられない。

反対の太腿を鞭が舐めた。

「あう！」

膝から足指までがぶるぶると震え、打たれた太腿にも伝わっていった。

「こんどはその餅のようなオッパイだ」

逃げられない獲物の恐怖の顔を存分に楽しみながら、こんどは手加減して乳房のやや下方を打った。

「ヒイッ！」

肌を打つより早く、深雪の悲鳴がほとばしった。完全に恐怖に粟立っている。神経という神経が敏感になり、細胞のひとつひとつがしっかりと目覚めているのだ。こうなれば鞭を振り上げただけで、深雪は次の痛みを感じてしまう。

「やめて！　お願い。ぶたないで」

「犬になるんだな」

「なります。なりますから」

深雪にとって、これから何をされるかより、今されていることを阻止する方が先だった。手すりから解放されたものの、うしろ手胸縄はそのままだ。

深雪はその不自由な姿のまま四つん這いを強要された。やむなくひざまずいて上半身を曲げた。両手を床につけないだけに、右頰と右肩先で上体を支えて尻を突き出す恥ずかしい恰好になった。

「忠告しておくが、動いたらこのガラスの嘴《くちばし》がこなごなに砕けて、直腸がズタズタになってしまうかもしれないぞ。脅しじゃないからな」

かかげた双丘の恥ずかしさにじっとしていることができず、わずかに尻を振った深雪は、一寿の言葉にそそけだち、紅梅色の菊蕾をキュッと閉じてたちまち動きを止めた。

何とか屈辱的な行為から逃れようと思っていた。嘴が挿入される前に拒もうと思っていた。それが、怪我をするかもしれないという脅しに、みじろぎもできなくなってしまった。

深雪の剝き出しの菊花と性器。いかにも品よく納まっている。品があるほどいい。それこそ男が犯したくなるものだ。品のある花のつぼみも、やがて淫らに開花する。

うしろ手のいましめ。背中にまわっている二本の胸縄。裸の躰に赤い縄がまわっているだけで、深雪はぞくぞくするほど美しく彩られている。そのうえ、この恰好だ。片頰を床につけ横を向いた顔が、泣きそうになっている。嗜虐《しぎゃく》の血が騒ぐ。

わざと菊皺を指の腹で撫でた。

「ああ、いやあっ」

孝にもそんなところを触れられたことはなかった。そんなふうに見られたことさえなかっただけに、死にたくなるほど恥ずかしかった。

一寿は堅い菊のつぼみをだんだん中心に向かって揉みしだいていった。すぼまりに指を入れようとしたが、キュッと閉じて入りこむのを拒んでいる。拒まれているだけに、あとの楽しみがふくらんだ。

「ほんの百ccだ。もの足りんだろうが、まあ、はじめてならよく効くだろうさ」

ズブリと嘴を菊花に突き刺すと、深雪は、ヒッ、と息をのんで菊口をすぼめた。嘴が進まなくなった。

「力を抜け。このまま押しこむと、先がポッキリ割れて、ガラスが突き刺さることになるぞ」

「こ、恐い……」

尻を動かすこともできず、力を抜くこともできず、深雪の肌は鳥肌立っていた。

「チッ、尻っぺたを鞭でひっぱたかれたくなかったら、息を吐け」

ようやく嘴が菊口に沈んだ。

もどかしいほどゆっくりとピストンを押していく。そうしながら、緊張している深雪の心の動きを推し量るのも楽しかった。

屈辱にまみれた横顔が歪んでくる。ぬるま湯でないだけに、効きめは早い。

「いやっ、お義兄さま、許して……あうう」

注入し終わって嘴を抜くとき、タラリとひとしずくのグリセリン液が、すぼまりから蟻の門渡りに向かって伝い落ちていった。卑猥な眺めだ。

頭を上げた深雪はひざまずいたまま、口をあけて喘いだ。さっそくシルクの肌に脂汗が浮かんできた。

「ああ、解いてください。早く解いて。お願い、お義兄さま、解いてください」

キリキリとお腹《なか》が痛む。痛みと同時に強い排泄感に苛《さいな》まれた。つい今しがたまで静かだった腸のなかのものが暴れ出している。すぼまりを今にも通過しそうな排泄感に、深雪は焦った。

膝を合わせ、すぼまりに力を入れ、苦しい我慢を強いられていた。動けばそのままそこに排泄してしまいそうな危惧《きぐ》さえあった。

「お義兄さま、早く解いて」

「解いたらどうする」

「おトイレに……おトイレに行かせてください。早く」

「トイレに行かせてもらいたいなら、お義兄さま、愛しています、と言うんだな」

何という男だろう。口が裂けても言いたくない言葉だ。だが、このままここで床を汚す屈辱を思うと、ためらっている時間はない。

「お義兄さま……あ、愛しています……」

孝への痛みが突き抜けていった。

「おまえに愛されて幸せだ。その言葉をずっと待っていたんだ」

「早く解いてください」

激しい喘ぎに乳房が揺れた。鳩尾を汗の玉が流れ落ちていく。総身がねっとり濡れて銀色に光っていた。

「あなたの奴隷になりますからトイレに行かせてくださいと言ってみろ」

どこまで執拗《しつよう》な男だろう。深雪は一寿の言葉をオウムのように繰り返すしかなかった。

「よし、行かせてやろう。ここをウンチまみれにされたんじゃかなわんからな」

胸縄を引っ張って立ち上がらせた一寿は、深雪をそのまま風呂場に連れていった。

新聞紙を敷いた洗面器が用意されていた。

「このなかにひり出すんだな」

「いやあ！」

深雪は悲鳴をあげた。

「解いてください。早く！　お義兄さま！」

限界になっている排泄感と目の前の洗面器の屈辱と、いまだにいましめを解こうとしない一寿に、深雪は頭のなかが真っ白になった。

「このましろ。最初から解いてやるつもりはなかったんだ。長い間、私に見向きもしなかったおまえが、どんな顔をして汚いものをひり出すのか、ようく見ておきたくてな。上品なおまえでも、ひり出すものは私と同じものだろう。まさか、匂いのしない透明なウンチじゃあるまいな」

あまりの言葉に、頭の血管がブチッと音をたてて切れそうな気がした。

「ご、後生《ごしよう》です、お義兄さま……何でもします。ですから」

「よし、きょうだけは許してやろう」

一寿の顔に勝利の笑みが浮かんだ。

2

「これだけゆったりしたマンションにお住まいとは予想していませんでしたよ」

亡き夫の同僚、孝の後輩にあたる相馬竜一は、深雪に十二、三畳あるリビングに案内され、周囲を見まわした。

「先輩からは、お兄さんのことはほとんど聞いていなかったんですが、面倒見がいい人のようですね」

まだ一寿に躰を求められていなかったとき、引越しを知った相馬が電話をかけてきて、近況を聞かれたことがあった。そのとき深雪は、義兄からの自分と紫織に対する親切を話して聞かせたのだ。それからこんなことになるとは予想もしていなかった。

「何かありましたか」

「えっ？」

「何だか一周忌でお会いしたときと感じがちがうような気がするものですから」

「そうですか……」

深雪の鼓動が騒いだ。

「またきれいになられたからかもしれませんね」

そう言った相馬は緊張していた。

深雪は一寿とのことを感づかれたのではないと知り、ほっとした。屈辱の時間が四六時中脳裏から消えることがない。この世の中に自分ほどの辱めを受けている女はいないとさえ思えた。紫織がいなければ、とうに命を絶っていたかもしれなかった。

「深雪さん」

これまで「奥さん」と言っていた相馬が名前を呼ぶのははじめてだった。深雪はコクッと喉を鳴らした。

「僕は以前からあなたのことが好きでした。先輩のことも尊敬していました。その先輩が亡くなられ、僕は一周忌が済んだらあなたに気持ちを伝えようと思っていました。でも、先輩にどう思われるかと迷い、今になってしまいましたが」

相馬は深雪の目を正面からとらえ、結婚したいと言った。

深雪は暗い穴底に落ちていく気がした。

なぜ一周忌のときに言ってくださらなかったの。あのときなら間に合ったのに。こんな地獄に落ちずに済んだかもしれないのに……。

激しい思いが湧き上がった。

深雪も相馬に好感を持っていた。孝の妻として、彼に肉欲的な思いなどいちども抱かなかったが、心休まる男と思っていた。

孝が亡くなったからといって、自分よりふたつ年下のこの男が、紫織という十五歳の娘のいる自分に、そんなことを言ってくれるとは思っていなかった。相馬との結婚など、いちども想像したことはなかった。

「紫織さんも大切にします。先輩が目の中に入れても痛くないほど可愛がってらっしゃったお子さんです。せいいっぱい可愛がってさしあげるつもりです」

相馬が熱っぽく喋れば喋るほど、深雪は息苦しくなっていった。

「僕はあなたといっしょに暮らしたいんです。先輩と知り合ってあなたに会ってから、勧められる縁談も断ってきました。恋愛するだけの相手にも巡り会いませんでした。あなたがあまりに素晴らしくて……」

「もうおっしゃらないで。私はあなたが思ってらっしゃるような女ではありませんわ。汚れた女です。おぞましい女です。夫の遺影にさえ顔を向けられないような罪深い女なんです」

「どうしてそんなことをおっしゃるんです。あなたほど美しくて賢明でやさしい人はいない」

「いいえ、私ほど汚れた女はおりません……」

一寿と大石にどんなことをされたか、何回一寿に抱かれてしまったか、深雪はそれを思うと、頭を粉々に砕いてしまいたいとさえ思った。いつか社長室で大石に恥ずかしいことをされたが、まだ抱かれてはいない。だが、それも時間の問題だという気がしていた。

「お帰りになって。私といっしょにいれば、あなたが穢《けが》れます」

相馬は結婚まで考えてくれていたというのに、わずかこの二カ月ほどで手遅れになったことへの悲嘆は大きかった。

「どうしてそんなことをおっしゃるんです。あなたといて穢れるというのなら、穢れてみたい」

心を乱している深雪に、相馬の気持ちも乱れた。いつもは冷静な男だったが、尋常ではない深雪の言葉に、いつになく自制心を失った。

「あなたを抱けば穢れますか」

相馬は絨毯《じゅうたん》に深雪を押し倒した。

「あう！」

低いテーブルの横に倒れた深雪の胸に、相馬の躰が重なり、闇雲に唇を吸い上げた。

「うぐ……」

深雪は激しくかぶりを振った。

（やめて！　私は汚されたの！　もうあなたにふさわしくはないの！）

心のなかで叫んだ。

激しい抵抗に、相馬もがむしゃらに挑んだ。両手を押さえつけ、唇を塞ぎながらセーターをまくりあげ、スリップやブラジャーを引き上げ、スカートに手を入れてストッキングとショーツをずり下ろした。

長く女を抱いていないこともあったが、深雪の抵抗に、かえって相馬は煽《あお》られた。行為をやめるのではなく、何としても深雪とひとつにならなければならないのだと思った。でなければ、二度と深雪に会えなくなるような気がした。

「あう、やめて！」

相馬の唇から逃れた深雪は、汗まみれの必死の形相を相馬に向けた。

「どんなに大声を出されようと軽蔑されようと、僕はあなたを抱きます」

いま抱かなければ二度と深雪に会えなくなるような気がする一方、抱けば二度と会ってもらえなくなるような気もした。それでも、もう自分の野性をとめることはできなかった。

（いいわ。こんな汚れた躰でいいというのなら、抱けばいいわ。一度抱いて後悔すればいいんだわ）

深雪は抵抗をやめた。

急に静かになった深雪に、相馬は力ずくで乱した彼女の服とインナーを、きれいに躰から取り払った。

予想以上のあまりにもなめらかな白い裸身に、相馬は息をのんだ。亡くなった孝さえも、まだふれていなかったのではないかと思えるほど聖なる女に思えた。

うっすら涙を浮かべている深雪は、乳房も秘園も隠さず、仰向けになったまま天井を見つめていた。

乳房が静かに波打った。ふれるとそのまま溶けてしまいそうな気がした。

「きれいだ。好きだ」

相馬は椀型の吸いつくような乳房を、そっと掌に入れた。この世に、これほどやわらかくあたたかいものがあるだろうか。女を何人か知っている相馬でさえそう思ってしまうほど、深雪の乳房はやさしかった。

　掌のなかで乳首がわずかに持ち上がってきた。薄い血管の透けている乳房を握りしめるようにして、甘い果実の色をした乳首を唇で挟んだ。

「ああ……」

　わずかに胸が浮き上がり、乳首はたちまち堅くしこった。深雪のせつない喘ぎをはじめて耳にした相馬は、聖なる女というイメージを、また新たにした。

　果実を唇と舌先で弄んでは吸い上げる。繰り返していると、深雪の肌が熱く火照りだした。躰を人形のように放り出していることに我慢できなくなったのか、深雪は相馬の肩先を押しのけ、両手で胸を隠して、あっというまにうつぶせになった。

　まだ乳房に未練があった相馬だったが、砂丘を連想させる背中が現われたとき、思わず指先を、肩先から肩甲骨、腰へと滑らせていた。驚くほどなめらかな肌に震えそうになった。

　唇をつけて舐めまわした。

「はあっ……ああ……」

　深雪の乱れた息遣いが聞こえた。相馬の唇が動きまわるたびに、背中がくねりくねりと波打ち、肩先も交互に動いた。

　躰の下で乳房を押さえていたはずの深雪の手は、いつしか肩の横にきて拳を握っている。

顔が右に左にとゆっくり向きを変えていた。閉じたままの睫毛が震えている。唇も震えているかのようにひらき、喘ぎを洩らしていた。

背中に口をつけながら、手で臀部《でんぶ》を撫でまわした。くびれたウエストから山になって盛り上がっている双丘。その谷間を下って、やわらかい花びらのある秘園に一気に辿《たど》りついた。

「あ……」

尻がびくりと跳ねた。

うしろから花園に近づいたために、翳りを確かめるより先に辿りついた秘口は、熱くぬかるんでいた。その肉のくぼみに指がするりと入りこんだ。

「あう！」

深雪の裸身が緊張して引き締まった。肉襞が強く指を握りしめた。うつぶせのままうしろから花壺に触れる昂ぶりに、相馬は荒い鼻息を吐いた。

指を動かすと、やわらかい肉襞の先のプルプルした子宮壺の入口がふれた。まだ深雪を貫いていないにもかかわらず、指先の子宮頸の感触が肉棒の先を疼かせた。

指を抜き差しすると、深雪は喘ぎながらいやいやをした。

「だめ。しないで」

うつぶせの胸を浮かし、肩ごしに相馬を見つめた深雪の歪んだ顔は艶めかしかった。

興奮に反り返っている肉茎が、ブリーフのなかで痛みを伴ってまた疼いた。

ベルトをゆるめ、剛直を出した。指の入りこんでいた女壺に、うしろから肉杭を突き立てた。

「ああっ」

黒髪に隠れている首が持ち上がって落ちた。

長年恋焦がれていた女とついにひとつになった昂ぶりに、相馬は肉茎をつつむ熱い襞の感触に恍惚となった。

どんな女ともちがうはずの蜜壺を確かめるように、まずはゆっくり抽送した。興奮しているだけに、すぐさま射精してしまいそうだ。

突くたびに深雪は、「はあっ」とせつない声を押し出して揺れる。その喘ぎを聞いているだけで、相馬にどうしようもない思いが湧きあがってくる。やさしくしたいという愛しさと裏腹に、凶暴に駆り立てる喘ぎ声だった。

躰を伏せて黒髪を分け、隠れていたうなじに口をつけた。甘やかな肌と髪の匂いが相馬の鼻腔《びこう》をいっぱいに満たした。

「深雪さん、いっしょになろう。あなたをだいじにするから」

だが、即座に深雪は首を振った。激しくかぶりを振った深雪に、相馬は落胆した。うつぶせた深雪の顔が見えないだけに、どんな気持ちで結婚を拒否しようとしているのかわからない。

　ともかく、こうしてひとつになってしまったからには、たとえ拒まれても、今さら行為をやめる気にはならない。不安なだけ相馬の動きは激しくなった。

　腰を持ち上げ、突き上げ、こねた。

「あう！　ああっ！」

　肩と顔を絨毯につけている不安定さに、深雪は必死に腕を立てようとしていた。

　相馬は動きをとめ、深雪を貫いたまま仰向けにした。汗の浮かんだ額と頬に、髪がへばりついていた。乳房が大きく波打っていた。何かもの言いたそうな唇が、震えるようにかすかに動いた。青いほど澄んだ目も、相馬に何かを訴えたそうにしていた。

　この女を、これから一生自分のものにして愛していきたい。あらためてそう思った。相馬は正常位で抽送したあと、白い脚を取って肩にかついだ。

「ああ……」

　深い結合に、子宮を破られるようだった。相馬の肩で揺れる自分の脚を見つめ、深雪は恥ずかしさにそれを下ろそうとした。だが、相馬は深雪の躰にますます躰を近づけた。肩先の脚をはずすのはいっそう難しくなった。

乳房をつかんで抽送する相馬から汗がしたたった。その汗のしずくが深雪の唇を濡らしたとき、深雪は両脇に落としていた手を、はじめて彼の背中にまわした。

ようやく深雪が受け入れてくれたのだと、相馬は解釈した。悦びでいっそう力が漲《みなぎ》った。

だが、ただ突き上げるだけでなく、力を抜いて、肉襞や秘口の縁を撫でるように辿った。

「深雪さん、好きだ。こんなに……」

その言葉を聞いた深雪は、はっとして相馬の背中にまわしていた手を落とした。

彼の口から出るやさしい言葉を聞きながら愛されることができるなら、どんなに幸せだったろう。けれど、もはやその資格はなかった。相馬の胸を押した。

また拒もうとしている深雪に、彼は抽送を再開した。激しく突いた。

「あぁっ！」

深雪のひときわ高い声は、快感か苦悶の声かわからなかった。それから数秒後、相馬は秘奥深く精液を噴きこぼした。

ピンクの可憐な花のような女園をティッシュで拭いてやると、深雪はすすり泣きをはじめた。

「どうして泣くんです。僕のこと、嫌いですか」

昂ぶって抱いてしまったものの、ふいに後悔と不安が押し寄せてきた。

深雪はますます激しく泣きじゃくった。それが相馬には不自然に思えてきた。

「何かあったんですか。どうしたんです。深雪さん、どうして泣くんです」

顔を覆って泣く深雪の肩先を揺すった。

「帰ってください。もう二度とここにはいらっしゃらないで」

「なぜ」

「私はお義兄さまに抱かれている女です！　好きでもない人に抱かれている女です！　おわかりになったら、二度といらっしゃらないで！」

相馬の脳裏が真っ白になった。ひとときののち、一周忌のときの一寿の顔が浮かんだ。もう少し深雪のそばにいたかったのに、法要が終わってやってきた一寿は、今後のことを話したいと深雪に言った。相馬は心残りだったが、帰るしかなかったのだ。

（チクショウ！　そういうことだったのか。今後のことというのは、そういうことだったのか！）

きりきりと歯ぎしりした。

この贅沢なマンションも、紫織の学校の面倒も、そういう犠牲を要求してのことだったのだ。深雪に聞くまでのこともなかった。

「卑劣な奴だ！」

好きでもない人に抱かれていると言った深雪の言葉に、一寿が力ずくで抱いているのだとわかった。

「紫織は何も知らないんです。あの子には何もおっしゃらないで。私は穢れた女です。おわかりになったなら、お帰りになって！　もういらっしゃらないで」

泣きじゃくる深雪に、一寿への憎しみが増した。

(あいつを叩《たた》きのめしてやる！)

相馬はそう誓っていた。


どうやって部屋に戻ったのかわからないほど相馬は混乱していた。

一寿の自宅の番号を調べ、怒りで震えながら電話した。

「一年ほど前、事故で亡くなった高校教師をしていた門脇孝さんのお兄さんですね」

「そうだが、きみは」

「同僚だった相馬という者です。あなたという人は、あんなに素晴らしい弟を持っていながら、下劣でいやらしい男だ」

相手が一寿とわかると、怒りだけしかなかった。

「いきなり失礼な男だね。かける相手をまちがったんじゃないのか」

「門脇深雪さんに何をしたんです。義理の妹によくも手を出せたものだ。卑劣なやり方で近づくなど、まともな人間のすることじゃない。今後、彼女には近づくな」

「彼女は私の会社で働いているんだよ。娘は評判の学校に通い、親子は立派なマンションに住んでいる。きみ、それだけのことをしてやれるかね。頭を冷やして考えてみたまえ。深雪は私が抱いてやると甘い声をあげて悦ぶんだ。一度、見せてやりたいものだ」

「そんなはずはない！」

「きみ、相馬君とか言ったね。電話じゃなく、そのうちぜひ会いたいものだ」

「僕も会ってはっきりお話ししたいことがあります」

「近々、こちらから連絡するよ」

最後まで動揺もせず、ゆったりとした口調を変えない一寿だった。

相馬は胃が痛くなるほど深雪を思い、一寿に腹をたてていた。

3

相馬に抱かれたものの、一寿との関係を喋ってしまった以上、深雪から将来の希望というものが失われてしまった。

あのときはじめて、以前から愛されていたことを知ったが、相馬との幸せな未来があったのかもしれないと思うと、それを断ち切ってしまった今、深雪の将来には希望など微塵《みじん》もなかった。

一寿に言われるまま紫織に嘘をついてまで一泊のつきあいを承諾したのは、相馬に対する失意が大きかった。一寿に気に入られ、せめて紫織を幸せにしたいという親心しかなかった。

半月ほど前に辱めを受けた郊外の別荘で、また深雪は一寿とふたりきりになった。

どんな屈辱にも甘んじようと決意して来たはずだったが、別荘に着くなり裸になれと命じられ、早くも深雪の心は萎えそうになった。

「今さら体裁ぶってどうなる。さっさと邪魔なものは脱いでしまえ」

はいと素直に脱げるはずもなく、深雪はうつむいた。

「世話のやける奴だ。よし、それなら勝手にさせてもらうぞ」

冷徹な目をして赤い縄を出した一寿に、深雪は首を振り、慌てて身につけたものを脱いでいった。

脱いでしまうと、どうしても翳りを隠してしまう。これまで何度か辱めを受けているとはいえ、堂々と一寿の前に立つほど恥じらいのない女にはなれなかった。

「手をどけて立ったまま脚をひらけ。さっさとひらくんだ！　もっとだ！」

一寿の怒りに恐怖を感じた。深雪は四十センチばかり脚をひらき、恥ずかしさに喘いだ。

「オナニーをしろ」

深雪は冷水を浴びたような気がした。

「引越した夜にさっそくやったオナニーだ。得意だろう。イクまでやれ」

耳朶まで赤くなっていくのが、自分でもわかった。

「できません！　いやっ！」

「しろ！」

「それだけは許して」

「しろと言ってるんだ！　おまえと紫織の生活がかかってると思えば簡単なことだろう」

こんな辱めを受けるぐらいなら、紫織に今の生活を諦めさせてしまいたい。深雪は惨めさにそう思った。

「ちょっと甘い顔をすればこうだ。言われたことがさっさとできないのなら、力ずくでやるしかないな」

抵抗する深雪の手首をくくった一寿は、日本間の鴨居《かもい》に縄尻をくくりつけた。

ようやく畳に足がついている深雪は、楚々とした腋毛を晒し、躰をくねらせた。下の翳りを見られる恥ずかしさに、何とか太腿で隠そうとする。それが結局、淫らな腰の動きとなり、一寿を喜ばせた。

「折檻《せっかん》してやる。人の前でウンチをひり出すほど恥ずかしいこともしておきながら、まだ言うことが聞けんとはな。私の考えが甘かったようだ」

肌を傷つけない房鞭で尻たぶを打ちのめした。

「ヒッ！　あう！　ヒイッ！」

躍起になって鞭を避けようとするため、右に左にと深雪の白い尻が動き、腰がねじれ、顔が歪み、汗が噴き出した。

鴨居にまわっている縄がキリキリと音をたてた。

どんなに深雪が腰を振っても、一寿の一撃から逃れることはできなかった。

「ヒッ！　許して！　お義兄さま！　打たないで！　あう！　します！　しますから！」

「何をすると言うんだ」

「じ、自分で……ヒッ！　ヒイッ！　オ、オナニーを……」

オナニーなど、普通なら口に出すこともできないはずだった。だが、今は鞭の恐怖に、どんなことでも口にできそうだったし、どんなことでも命じられればやれそうだった。

「折檻されて言うことを聞いても遅いんだ。朝までたっぷり痛めつけてやる。私に対して従順な女になれ。私は孝とはちがうんだ。気が短いし乱暴だ。頭に叩きこんでおけよ」

ひときわ強い一撃を振り下ろした。

「あうっ！」

打たれたところは熱を持ち、総身は粟立っていた。

鞭がやんでほっとしたのも束の間、両足首を長い棒の両端にくくられ、決して膝も太腿も合わせることができなくなった。

深雪の前で胡座《あぐら》をかいた一寿が、翳りを撫でまわした。

脚を閉じられない恥ずかしさと淫猥な一寿の手の動きに、深雪は腰をくねらせた。くびれているが、人妻だった証《あかし》のように、色っぽい豊満な肉づきの腰だ。

「従順の印に、まずはこのオケケを刈り取らせてもらうぞ」

「いやあ！」

あれば恥ずかしい恥毛も、なければもっと恥ずかしい。

深雪の虚しいあらがいを鼻先で笑った一寿は、足元にビニールをひろげ、湯の入った洗面器や剃刀《かみそり》を持ってきた。

「そのうち、私の顔を見ただけで濡れる女になれよ。オナニーに精出すおまえのことだ。セックスが嫌いじゃあるまいからな」

薄い茂みにシャボンが泡立った。

「お義兄さま、やめて。そんなこといや。しないで」

「ツルツルのココを相馬という若造に見られては困るか」

見上げた一寿に、深雪ははっとした。

「あいつと寝たようだな。聞いたぞ。わざわざ電話などかけてきおって、バカな男だ。おまえは孝が元気だったころから、いろんな男を咥えこんでいたのかもしれんな」

相馬が一寿に電話したことをはじめて知った。しかも、自分との関係を話したという。ふたりの間でどんな会話が交わされたのか、深雪はますます相馬との関係を絶望するしかなかった。

卑劣な一寿のことだ。深雪をどんなふうに辱めたか、楽しそうに話したかもしれない。あれっきり相馬から連絡はない。深雪はもう来ないでと相馬に言った。だが、そのために連絡がないのではなく、一寿と交わしたやりとりのせいかもしれなかった。

「こんどあいつと寝るときは、オケケは愛するお義兄さまに剃《そ》っていただきましたと言うんだぞ」

剃刀が動き、シャリッと音がした。剃刀が動いただけ恥丘の翳りが消えた。

「ああ……」

羞恥より絶望の声だった。

深雪は微動だにしなかった。動けば怪我をするという恐れより、相馬に対する哀しみが大きすぎて力が抜けていた。

「ホカホカの肉饅頭になったな」

すっかり剃りあげた花園を湯で拭き清めた一寿は、子供のようになったそこを撫でまわしてツルツルの感触を楽しんだ。

「さて、散髪が済んだところで、記念のマン拓でもとっておくか」

朱墨と筆と和紙、大きな黒鞄《くろかばん》を抱えてきた一寿は、ペンキでも塗るように、朱を含ませた筆を恥丘から肉のマメ、花びらから蟻の門渡りにまで塗りたくっていった。

「はあっ……やめて……いやっ」

屈辱と、冷たさ、くすぐったさに、深雪は身悶えた。

「おうおう、まるでメンスみたいになったな。きれいにとれなかったら何度でもやり直しだぞ」

ひらいた股の間に和紙をくっつけた。

「いや……」

和紙の上を卑猥に押しつけていく一寿は喜々としていた。

そっと剝がし、眺めた一寿はクッと笑った。

「見ろ、素晴らしい出来だ。オマメに花びら、アソコの入口、なかなか鮮やかじゃないか」

目の前に突き出された和紙を見て、深雪はかっとなった。猥褻な和紙だった。朱墨だけに生々しすぎる。

一寿はそれを、深雪からよく見える襖《ふすま》に張りつけた。

「いやっ。やめて……」

深雪は顔をそむけた。

女園の朱墨をきれいに拭った一寿は、筆も洗い、きれいな水を含んだそれで乳首をくすぐりはじめた。

「はああ……」

拘束された躰を触れられるくすぐったさは、快感にはほど遠く、苦痛だった。

「やめて。いやっ！」

乳首を交互に撫でられ、腋窩を撫でられ、深雪はくくりつけられている鴨居の縄をビンビンと引きながら、汗を噴きこぼした。

「やめて欲しいなら、お義兄さま、心から愛しています、と言ってみろ」

性悪な男だった。

「ああ、お義兄さま、愛しています。心から……やめてっ！　くっ！」

深雪は筆から逃れるために即座にそう言い、くねっくねっと上半身を動かした。

「言葉と気持ちが裏腹なんだろう？　言葉に愛情がこもっていないぞ。それでも、オツユだけは出るものだ。オマ×コの方を撫でてやるからな」

乳首と腋窩のくすぐりをやめた一寿は、また胡座をかいて恥毛の消えた恥丘を筆でひと撫ですると、外側の陰唇と花びらの狭間の肉溝を、上から下、下から上と筆先で辿りはじめた。

「お、お義兄さま、やめて！　やめてください！」

ほんの筆先だけでの微妙なタッチに、ぞくぞくっと快感が湧き上がる。さざ波が足指や頭に向かって広がっていく。

筆は花びらの縁も軽やかに這い、ほんのときおり、肉のマメを包む細長い包皮や蟻の門渡りをつついた。

「あああ、いやあ！」

鞭を振り下ろした一寿とは思えない、悔しいほどやさしい筆先だけでのタッチだ。やさしければやさしいほど総身は疼き、皮膚が粟立った。

筆先はぬるぬるしていた。ぬめりきった肉貝だ。花びらがふくらみ、肉のマメは包皮から顔を出していた。

一寿はニタニタしながら、秘口の入口をグルリとなぞった。

「はあっ……堪忍して」

脚を閉じられないだけに、尻を右や左に動かすか、腰をねじるしかなかった。心を許してもいない男の仕打ちとはいえ、熱い肉の昂まりは隠しようがなかった。

深雪は徐々にエクスタシーを待つようになっていた。そこまで近づいている。けれど、筆の動きは緩慢で、絶頂の一歩手前で止まっている。

筆を避けていた腰のくねりが、いつしか筆をより近づけるためのくねりとなっていた。

(もっと強く触って。いかせて……そんなのはいやっ)

口に出せず、深雪は卑猥に腰を振りはじめた。秘口をぐるりとなぞられると女園全体がズクッと疼き、トロッと蜜が溢れた。

「グチュグチュに濡らしおって、この淫乱女め」

筆を握っていない一寿の太い指が、はじめて花びらをぐいっとくつろげた。パールピンクのぬめ光った粘膜が、うまそうにとろとろしている。ひと舐めすればソフトクリームのように、たちまち舌の上で溶けてしまいそうだ。ここで秘園を舐めまわしたいところだが、一寿は我慢した。まだまだこってり焦らさなくては面白くない。

花びらを大きくくつろげたのは、聖水口を責めるためだ。

「深雪、立ったままここで洩らしてみろ。ションベンをしろということだ」

筆の愛撫で昂まっていた快感が、いちどきに引いていった。深雪は正気かと一寿を見つめた。

「しろ。おまえの立ちションを一度見てみたかった」

どうやら本気で言っているらしいとわかり、深雪は喉を鳴らした。

「しろ！」

「できません。そんなこと……」

いくら命じられようと無理に決まっている。たとえ膀胱《ぼうこう》がいっぱいでも、トイレ以外でできるはずがなかった。

「できないならできるようにしてやるさ」

プレイの道具が詰まった黒鞄を引き寄せた一寿は、二百ccのガラスシリンダーに生理食塩水を満たし、嘴にカテーテルを繋げた。大人の膀胱は三百ccほどの容量なので、あと二百ccほどが限度だろう。

足もとで何やら怪しげなことをしている一寿に、深雪に不安が押し寄せた。強制的に排泄を強いられた死にたいほどの屈辱をまだ忘れてはいない。

「いやです。いや！　しないで！　ああ、解いて！」

せいいっぱい暴れだした深雪に、一寿は尻っぺたに鞭の一撃を放った。

「痛っ！」

「こいつで打ちのめされるのと、ションベンを洩らすのとどっちがいい」

「お義兄さま、許して。これからは何でも言うことを聞きます。だから、解いてください。ぶたないで。恥ずかしいことはなさらないで。お願い！」

「ずいぶんと我儘《わがまま》なことを言ってくれるじゃないか。解いてくれ？　ぶたないで？　それに、恥ずかしいことはしないでだと？　ふん、恥ずかしいことをしてくださいと頼むもんだ。見るからにM女という顔をしているくせに、いつまでお体裁ぶってるんだ」

「ヒッ！」

尻を交互に打ちのめした一寿は、最後の脅しにと正面に立ち、力を加減して乳房を打った。

乳房を大きく喘がせた深雪は、恐怖に唇を震わせた。

「オケケを剃り上げたところをぶちのめされたくなかったら、動くなよ」

花びらを指でくつろげ、カテーテルを聖水口にゆっくりと押しこんでいった。

「ああっ……」

生まれてはじめて異物が入りこむ聖水口の薄気味悪い感触と恐怖に、深雪は足指をキュッと内側に曲げた。

シリンダーの生理食塩水がゆっくりと注入されていった。

膀胱がふくらんでいく感触に、深雪の裸身に新たな汗が滲んだ。

カテーテルを抜いた一寿は、すぐさま筆でぬめりを帯びたやわらかいピンクの聖水口をくすぐりはじめた。

生理食塩水を注入されても排尿感はすぐにはなかったが、聖水口を微妙に筆先でくすぐられ続けていると、排尿感が迫ってきた。

「お、お義兄さま、いやっ。やめて。ああ、やめてください。お、お洩らししそう……やめて。やめて！」

いつ洩らしてもおかしくない状態だ。

「オシッコのあとは浣腸《かんちょう》してくださいと言ってみろ。そしたら溲瓶《しびん》を当ててやる。言わないならこのまま立ちションだ。ビニールといわず、畳までビショビショにすることになるだろう。別にかまわんがな」

いつ正面から顔面に聖水を浴びることになるかもしれないと思いながらも、一寿は筆をいっそうゆるゆると動かした。深雪が焦れば焦るほど心が弾んだ。

深雪は膀胱が破裂しそうだった。息を吐くと同時に聖水口をゆるめ、小水を出してしまえたらどんなにすっきりするだろう。だが、便器に座ってはじめて排泄の指令が出るようになっている以上、こんな破廉恥な姿のまま排泄できるはずがない。

脂汗があとからあとから滲んできた。

「お願い、お義兄さま。ああ、おトイレに行かせて……」

「我慢は躰に毒だぞ。シャーッと思いきり出せ。この部屋をションベン臭くしたいんだろう？」

くすぐりはやまなかった。限界だった。だが、こんな状況でさえ、このまま洩らすのははばかられた。

「し、溲瓶を当てて。ああ、早く！」

腰を大きくくねらせた深雪に、一寿はついに限界かと思ったが、

「言うことがちがうだろう。オシッコのあとは浣腸してくださいだろうが」

なおも責めた。

「ああっ、お、お小水のあとは……お浣腸してください。早く！　し、溲瓶を！」

ようやく一寿はガラス瓶を当ててやった。

当てると同時に恥ずかしい音をたてて勢いよく聖水が噴き出した。

丸みを帯びた細長いガラス瓶の底に勢いよく当たった小水は、側面にしぶきを撒き散らしながら泡を立てて溜っていった。あたたかい小水に、瓶が曇った。

パンパンの膀胱が縮んでいく爽快感とは逆に、その何倍もの屈辱がふくらんでいた。

排泄が終わって溲瓶を秘園から離した一寿は、湯気の立っている薄い褐色の聖水をわざとゆったりと眺め、匂いを嗅いだ。

「いやっ……」

深雪の声は小さかった。力が抜けていた。

溲瓶を置いた一寿は、濡れている秘芯を舐めあげた。

「あああ……」

生あたたかい舌の感触に硬直しながら、深雪は一寿の前では人格などないのを知らされた。とうにわかっていたはずだったが、辱めを受けるたびに、これでもかこれでもかとおとしめられていく。

「すっきり出しきったところでビールでも呑め」

がっくりしている深雪を鴨居から解き放った一寿は、リビングにあったぬるいビールを口移しで呑ませようとしたが、深雪の喉は閉じており、ほとんど口辺から顎、喉から乳房へと流れ落ちていった。

深雪がビールを受けつけられないのは、もともとあまり好きではないことと、徹底的に自分を弄んで辱めた男からの口移しに拒否反応を起こしているからだ。

「この口から呑めないのなら、別の口から呑んでもらう」

一寿の考えているのはビール浣腸だった。おぞましい説明を聞き、深雪は総毛立った。

「腸からすぐにアルコールが吸収されて、たちまちほろ酔い加減だ」

「なぜ、そんなに私を辱めようとなさるんです。あなたのたったひとりの弟の妻だった私を……」

ようやく聞き取れる掠《かす》れた声だった。

「いつか話しただろう。最初会ったときからおまえに惚れてたんだ。十五年もあいつといっしょに暮らしたおまえからあいつの面影を消すには、とことん辱めるに限る。私たちのプレイを見て、あの世のあいつも諦めてるころさ」

一寿の言うように、深雪も、あの世から孝が義兄とのおぞましい一部始終を眺め、諦めきった顔で消えていく気がした。

「どうせその若さで一生男なしで生きていけるわけでもなし、毎日、自分の指でオマ×コをいじくりまわしているくらいなら、私の自由になって裕福に暮らせ。慣れると肉奴隷はやめられんぞ。紫織の将来も安泰というわけだ」

肉奴隷という人格をまったく無視した一寿の言葉が、深雪を闇底に突き落とした。

（もうここまで辱められたんだわ。これ以上、何を守るものがあるの。紫織の将来さえ約束してくれるのなら……）

深雪は肉奴隷というおぞましい言葉を反芻《はんすう》した。

「お義兄さまの自由になさって」

いましめの痕のついた手首をさすりながらうなだれた深雪に、一寿の狡猾な目が輝いた。

「その言葉に嘘はないだろうな。本当なら、四つん這いになってケツを高く上げろ」

深雪は唇を震わせながら犬の姿になった。

「盛りのついたメス犬らしく、もっと上げんかい」

尻たぶを平手で打ちのめした。

「あう！」

つんのめりそうになった深雪は、ひりつく臀部を意識しながら、人であることを許されない哀しみに唇を噛んで尻をかかげた。

これまでになく素直に言うことを聞くようになった深雪にほくほくしながら、一寿は生ぬるくなっているビールをガラスシリンダーに吸い上げた。

嘴を、紅梅色の縮緬《ちりめんじ》地のようなきれいな菊蕾に押しこむとき、いつもより心が弾んだ。

「ああ……」

白い尻肉がひくりとした。

あまり酒に強くない深雪だけに、アルコール中毒の心配がある。救急車を呼ぶような失態を犯さないために、一寿は少なめに注入した。

「トイレに行くまでフェラチオだ。少しはうまくなったか」

剛棒を出すと、深雪はためらいを見せずに、むしろ、自分から求めるような感じで口に入れた。

すぐにビールが効いてきて、頭を前後に動かすたびに酔いがまわってくる。じきに瞼や耳朶が朱に染まった。

ビールを呑んでもいないのに酔っている自分が、深雪には不思議だった。肉奴隷に落ちる決意をしたとはいえ、酔いは救いだった。だが、酔って麻痺《まひ》するだけ、排泄のコントロールがきかなくなるのではないかと不安だった。

「お義兄さま、お手洗いに行かせて。あしたの朝まで、お義兄さまのおっしゃるとおりにしますから」

まだまだ我慢させようと思ったが、可愛いことを言う深雪に、一寿はトイレに行かせてやった。

また排泄を見られると思っていた深雪は、ひとりでトイレに入れたことで、こんな幸せがあるだろうかとさえ思った。

その間、一寿は、近くまで来ているはずの秘書の桂木に連絡を入れていた。

桂木は相馬竜一といっしょのはずだ。一度会って話したいと電話で言っていた相馬に、一寿はきょうを指定した。土曜の午後、相馬も時間は自由になるはずだ。

郊外の別荘に招きたいと連絡した一寿に、相馬は別に疑問も持たなかった。仕事が忙しいので秘書を迎えにやらせると言っておいた。そろそろふたりが到着するころだ。

トイレから出た深雪を風呂に引っ張っていき、全身をきれいに磨いた。花びらまでめくり、うしろのすぼまりにまで指を入れて念入りに洗う一寿に、酔い心地の深雪は甘い声をあげて悶えた。

風呂から出ると部屋を換え、洋間のベッドで深雪の手首だけうしろ手にくくり、アイマスクをした。

抵抗はしなかった深雪だが、不満を洩らした。

「逃げたりしません。だからくくらないで。見えないのはいや。なぜ？」

視界が遮られることは不安にちがいなかった。その不安が神経を敏感にし、快感を増幅させる。それがアイマスクの醍醐味《だいごみ》だが、今夜は、相馬に見物させるつもりだ。それを深雪に知られないための小道具でもあった。

寝室のドアをあけたままプレイに入った。公私共に有能な桂木は、うまく相馬をここまで連れてくるだろう。そして、言い含めたとおりに、沈黙を守ってくれるだろう。

「深雪、おまえのケツの処女は俺がいただくと言ったのは覚えているな」

深雪の喉が鳴った。

「私のマラを飲みこむにはしばらく日にちがかかるだろうが、これからじっくり拡張することにするからな。深雪のアヌスを犯してくださいと言ってみろ」

「お義兄さま、恐い……ほかのことを」

「まだ鞭がないことには言うことがきけないんだな」

気配だけで鞭打たれる恐怖に襲われた。一寿が見えないだけに不安は大きかった。

「あ、アヌスを……深雪のアヌスを犯してください」

打たれるより先に言うしかなかった。

菊皺にクリームを塗りこめた一寿は、菊花に向かっていやらしくこねながら指先をすぼまりに入れていった。

「あああ、いやあ……はああっ、お義兄さま……」

酔いのせいか、肉奴隷に落ちる決意をしているせいか、これまでにない疼くような快感がうしろの排泄器官から全身に広がっていた。

頭をシーツに押しつけて尻をかかげた浅ましい恰好をしていることも忘れ、深雪は腰をくねりくねりと振りながら甘い声を洩らしていた。

「どうだ、素直になればいくらでもいい気持ちになれるんだぞ。ケツのこの入口が感じるか。ほれ、こんなふうにやると」

一寿は菊口に挿入している指と外に出ている親指で、すぼまりをつまむように揉みしだいた。

「ああああ……」

口をあけた深雪の横顔がせつなげに歪んでいる。いましめを受けている背中の手をキュッと握りしめていた。

まるで蜜が溢れているように、菊花が湿り気を帯びてきた。

剝き出しの女園も蜜でぬめり、透明な淫液でおおわれている。それを菊壺にも塗りこめると指の抽送が一気に楽になったが、浅くしか入れず、入口付近をじっくりと責めた。

もっと、と言うように淫猥に深雪が尻を振り続けるようになったころ、音もなく寝室のドアに人影が立った。軽く会釈したのは秘書の桂木で、大きく目を見開いているのは相馬竜一だった。

尻を振りながら悶え声をあげ続けている深雪は、菊花だけに意識を集中していることや、自分の洩らす声に、一寿以外の気配に気づかなかった。

「深雪、くくられているとよけい感じるだろう。目隠しもなかなかいいものだろう。どうだ、何か言ったらどうだ」

ようやく到着した待ち人にちらりと視線をやった一寿は、唇を歪めて深雪に尋ねた。

「ああ、お義兄さま、感じる……ああ、恥ずかしい……うぅん」

決して力ずくで拘束されているという調子ではない深雪の言葉を聞いたとき、相馬の胸に激しい痛みが駆け抜けていった。

「みろ、ケツは恥ずかしいだけに気持ちいいだろうが。ズクズクするか。ほれ、こんなふうにされるのが好きだろう」

「ああっ、ズクズクする……我慢できない……お、お義兄さま、やめて」

「やめてだと？　ケツを振り振りもっとシテと言ってるじゃないか」

「んんっ……」

艶めかしく動く深雪の総身は、いかに一寿の指で感じているかを語っていた。

「ケツの穴を触られているのにオマ×コまで疼いてたまらんだろう。太いやつで突かれたくてたまらんようになってきただろう」

一寿の片手が洪水のようにぬめっている秘芯に入りこんだ。

「あぁう……」

尻がクイッと高くなった。いかにも発情したメスという動きだった。

一寿が菊蕾と女芯を同時にいたぶりはじめると、深雪はすすり泣きはじめた。

「お、お義兄さま、焦らさないで……あう……」

「焦らさないでどうしろと言うんだ。わかるようにはっきり言え」

「大きなものをください……あぁう……」

「淫乱女は堪え性がないな。まだまだやるわけにはいかん。きょうはケツの拡張からだと言ったはずだ。最低、私の指の二、三本は飲みこんでもらうからな。それからこってり可愛がってやる。返事はどうした」

「ああ、はい……自由になさって」

女芯の指は出し入れするたびにジュクジュクと淫らな音をたてていた。

「相馬君、そういうわけだ。深雪がいかに淫乱な女かわかっただろう。こうやって、いつもこいつはケツを振ってねだりおる。深雪がおまえのような若造に興味がないのはわかっただろう。話合いするまでもないことがわかったなら、さっさと帰ることだ。秘書に送らせる。それとも、いっしょに楽しむか」

欲望にどっぷり浸っていた深雪は、おかしな独り言を言いはじめた一寿に喘ぎをとめた。

そのとき、いきなりアイマスクを剝がれ、眩しさに目を細めた。

縄尻を引っ張られ、半身を起こされ、ドアに向かって躰を回転させられた。

「あっ！」

夢見ているような快感もビール浣腸による酔いも、一瞬のうちに醒《さ》めていった。

拳を握ってつっ立っている相馬の蒼白な顔に、深雪も血の気が引いていくようだった。

相馬がどうしてここにいるか尋ねたい思いも、言葉にはならなかった。たとえ彼がいると知らなかったにせよ、義兄の行為に甘い声をあげてねだったのは事実だ。言い訳するほど虚しくなるだろう。

見つめ合っている時間が長いほど、沈黙は苦痛だった。

「私はこんな女です。そう申し上げたはずですわ。いつも義兄とこんなことをしていたんです！」

深雪は叫んでいた。

「そういうことだよ、相馬君。どうだ、いっしょに楽しむかね。一対一は許さんが、いっしょにだったらかまわんよ。深雪は私の肉奴隷でね」

「そんなはずはない」

「私は汚れています。諦めて」

深雪の胸は張り裂けそうだった。

「諦めない。諦めませんよ。これは現実じゃない。わかっています」

相馬は深雪の心を射抜くような目を向けた。

一寿の自由になると決めたあとでも、相馬の言葉に深雪の心は乱れた。

「出ていって……」

深雪はいたたまれなかった。

「いつかきっと……諦めません」

「諦めないと言っても深雪が出ていってくれと言ってるんだ。それが現実だ。これ以上、お楽しみの邪魔をしないでもらおうか」

一寿の言葉とうつむいた深雪に、今は力ずくでここから出すのは不可能だと悟った相馬は、頬を引きつらせ、ドアを閉めて別荘を出るしかなかった。だが、好きでもない男に抱かれていると言った深雪の言葉は忘れていない。それが真実だと信じている。

決して諦めない……。

深雪への憐憫と一寿への怒りに躰が震えた。

その頃、別荘では深雪の慟哭《どうこく》が広がっていた。

「ふふ、気が変わった。まずは太いものをぶちこんでから、ケツの続きをすることにした。オマ×コが疼いてしょうがなかったんだろう」

深雪を仰向けにし、涙に濡れた顔を眺めながら、一寿は相馬への勝利を確信した。肉茎を包む肉襞の感触も最高だった。

第四章　処女散花

1

多くの女学生が羨む緑が丘女子高校の、緑のラインの入ったセーラー服を着た三つ編みの紫織が、校門から軽やかな足どりで出てきた。

まだ男のオの字も知らないような、いかにもうぶな紫織だが、あと二年たつと、深雪が孝によって女になった年になるのだ。

深雪も高校生のころは、今の紫織のように純情無垢だったはずだ。そんな女を、高校教師の職にあった孝が、自分の立場を利用してひとり占めし、処女花を散らしたのかと思うと、死んだ人間に、また新たな嫉妬が湧きあがった。

紫織は深雪に生き写しだ。深雪の処女をいただけなかったかわりに、どうしても紫織のバージンはいただくのだと、一寿は何カ月もの間思ってきた。

深雪はすっかり従順になった。相馬に別荘での深雪の奴隷姿を見せたのが成功だった。相馬からは以後連絡はないし、深雪は深雪で孝の同僚に醜態を晒したショックからか、もはや自分の人格などないのを悟ったようだ。

深雪の心さえ手中に収めれば、あとはおいおい躰の方は仕込んでいけばいい。うしろのすぼまりの拡張もだいぶすすんできた。もうじき一寿の太い肉茎さえ咥えこんでくれるだろう。

これからは紫織を自由にするのが新しい目標だ。小さく口をあけて上品に箸を運ぶ紫織。その口にいきり立った肉茎を押しこむことを考えると、それだけで勃起してしまう。

「やあ、紫織ちゃんじゃないか」

一寿は道のこちら側から手を上げた。

「まあ、伯父さま」

顔をほころばせた紫織が駆け寄ってきた。

「会えるとは思わなかった」

「こんなところでどうなさったの？」

「あそこに用があったんだ。用が終わって近くでコーヒーを飲んで、会社に帰るところだった」

適当にビルのひとつを指さし、次に角の喫茶店をさした。

「送って行こう。向こうに車が置いてあるんだ」

「でも、伯父さま、お仕事があるんでしょう？　まだ三時だもの」

「社長っていうのは、いくらでも時間は自由になるんだ。いい社員がいっぱいいて、よく働いてくれるからね」

「まあ、伯父さまったら。お母さまもまだ働いているわ」

「ああ、よく働いてくれるから助かってる。さ、行こう」

　さりげなく車に乗せた。深雪が一寿との関係を話していないのがわかる。話せと言ったところで、娘に話せるはずもないが、信じきっている紫織に、一寿は戸惑いを覚えるほどだった。

「お母さん、仕事で疲れている様子はないか」

　愛らしく小首をかしげた紫織は、何か考えているふうだ。

「どうした」

「ちょっと疲れてるかなと感じるときがあるわ。でもね、ゆっくり休めば大丈夫って、お母さまはいつも早めに寝室に入るの。だから、いつも私の方が遅くまで起きてお勉強してるわ」

　義兄に自由に弄ばれていることで、娘に顔を見られるのが辛く、早めに寝室に入ってしまう深雪の気持ちなど、紫織にわかるはずもない。

一寿は今でもときおり隣室のマジックミラーで風呂を覗いているが、オナニーをする深雪の姿は見られない。たいてい疲れた顔をして湯槽につかり、ときおり涙を浮かべていることがある。

それに比べ、紫織の入浴は健康そのものだ。オナニーなどしないが、鼻歌を歌ったり、すらりとした脚をバスタブに上げてバレエの練習をするように体操をしてみたり、潑剌としている。

一寿にときおり風呂場の裸体を観察されているとも知らず、助手席の紫織は、学校のことや、一寿に紹介されたアニタとはすっかり親友になり、ときおり会っていることなどを、楽しそうに話して聞かせた。

喉が渇いたと言って部屋に上がりこんだ一寿は、深雪には時間のかかる仕事を言いつけてきているので、まだ三、四時間は帰宅できないだろうとほくそえみながら、きょうこそかつての深雪と重なる紫織を女にするのだと、気持ちが弾んだ。

この部屋をふたりに貸して四カ月近くなる。いつでも紫織を自由にできたのに、何と気の長い男になったのだろうと、一寿は自分の忍耐強さに感心した。しかし、それも終わりだ。

「紫織、妊娠しているセーラー服姿の自分を考えたことはあるか」

「伯父さま、急にどうしたの？」

酔っているはずはないのにと思いながら、紫織は意外な言葉に戸惑った。妊娠しているセーラー服姿の自分。それは恥ずかしい言葉だった。伯父というより、男の口から出た言葉として、紫織はこの場にいるのがいたたまれない気もした。

キスの経験もない。どうやったら妊娠するのかもはっきりとはわからない。性はまだ未知の世界だ。

「おまえを身ごもったお母さんは、高校三年生のとき教師の孝とセックスをして妊娠したんだ。もしかすると、入学してすぐから孝とセックスをしていたのかもしれんな」

「お、伯父さま……」

紫織は未熟児で生まれたと聞いていた。深雪も孝も、亡くなった深雪の父母もそう言っていた。深雪が卒業してからふたりは結婚し、すぐに身ごもったのだということだった。

「体裁が悪いからみんなで口裏を合わせていたんだ。おまえのお父さんは在学中の教え子に手を出したということで、しばらく田舎の学校に追いやられていたんだ。そのくらい知ってるだろう？」

なぜ今になってそんなことを言うのだろう。紫織は哀しさや恥ずかしさや怒りでいっぱいになった。

「そろそろおまえも男のひとりぐらい知らないと母親に笑われるぞ。それとも、恋人ぐらいいるのか」

「いません。伯父さま変よ。私、きょうはお友だちの家に行く約束してるの。遅れるから行かなくちゃ」

不安になってきた紫織は、思いつきの嘘をついた。

「そんなこと言ってなかったじゃないか」

「急に伯父さまに会って、うっかり忘れてしまったの……」

「嘘はいけないぞ、紫織。もしかして、恋人はいないと言ったのも嘘かもしれんな」

「本当です」

「恋人がいるかいないかはわからんが、バージンかどうかは、調べればすぐにわかるんだぞ」

「伯父さま、もしかして、喫茶店でビールでも呑んだんじゃないの……？　車、運転できないでしょう？　会社に電話して誰かに来てもらわなくちゃ」

紫織はまずは深雪に電話しようと思った。深雪が誰かをよこしてくれるだろう。

「おっと、待て。逃げるな。ますます怪しいぞ」

受話器に伸びようとする手をつかんで引き寄せた。

「孝が死んでから、私は父親がわりのつもりだ。娘がまともな生活をしているかどうかを知っておくのは大切なことだ。実の父親以上に責任があると思っているんだ。男がいてはいけないとは言ってないんだぞ。正直に言えないのがいけないことなんだ」

「だって、そんな人……」

　いい人だと思いはじめていたが、きょうの伯父を紫織は恐ろしいと思った。さっきまでの伯父とは別人のようだ。

「バージンかどうか調べるぞ。おまえの保護者として当然だ」

「いやっ！　放して！」

　獣の目をした伯父に、紫織は鳥肌立った。

　胸を押し退《の》けようとする赤子に等しい紫織の腕をひとつにして押さえ、唇を塞いだ。

「んんっ……」

　おそらく、この上品な小さな口にふれるのは自分がはじめてだろう。そう思うと、たとえ堅く閉じている唇であっても一寿は満足だった。リップクリームでも塗っているような甘やかでやわやわした唇だ。

「んくく……」

　いやいやをしようとしても動けない。紫織は泣きそうになりながらもがいた。

　そうやって、握った手を力ずくで引き寄せて唇を奪っている間に、一寿のもう片方の手はセーラー服のスカートのなかにもぐりこんだ。もわっとした生ぬるい空気がまとわりついた。暴れようとして体温が上がり、太腿や若い女園あたりから一気に発散したぬくもりだ。

　校則で決まりの緑が丘女子高校のMのイニシャルの入った真っ白いハイソックスだけで、パンストを穿いていないだけに、パンティにすぐに手が届いた。

「んぐぐ……」

　激しいあらがいが可愛くて、一寿はこってり責めたくなった。

　パンティに手を入れず、布ごしに肉饅頭をこすった。

「うぐ……」

　湿っている。おそらく汗だろうが、舟底を嗅いでみれば、小水やオリモノの混じりあった女特有の匂いもこもっているにちがいない。

　不快指数でいえば百近いじっとりした秘園に、小さな布ごしにぴったり手をつけた。やわらかい翳りの感触がわずかにあり、ワレメから熱い湯気が噴き出しているようにたちまち掌が湿った。

　まだ男を知らないだろうくぼみを指でなぞった。

「んんん……ぐ……」

　ビクンビクンとしながらいやいやをしようとしている紫織の慌てようがおかしく、一寿は布ごしに肉のマメを探り当て、ソフトにクリックリッと揉みしだいた。

「ぐ！」

呆気なくひと揉みで気をやった紫織の痙攣で、合わせていた唇に堅い歯が当たり、一寿は切れたような痛みを感じた。

顔を離すと、紫織は半びらきの唇をかすかに震わせながら、眉間に可愛い皺を寄せ、何が起こったかわからないという表情でエクスタシーの痙攣にひくついていた。

あまりに早い絶頂だ。もしかすると紫織は、オナニーも知らないのかもしれない。しかし、一人前に気をやった紫織がセーラー服の可愛い娘だけに、一寿は新鮮な昂ぶりを覚え、一戦を前に武者震いしそうだった。

「オナニーはあまりやらんのか。ん？　気持ちよかったか」

徐々に痙攣の治まってきた紫織は、われに返ると、慌ててまくれあがっているスカートを下ろした。

「どのくらいの間隔でそこを触るんだ。答えろ。おまえのオフクロはよくやってるらしいぞ。そこを指でいじって悶えてるんだ」

「い、いやっ！　そんなこと言わないで！　嫌い！　伯父さま、出て行って！　でないと、お母さまに言うわ。全部話すから」

ハアハアと荒い息を吐きながら尻であとじさる紫織を、一寿はまた引っ張り戻した。

「オフクロが仕事をやめなければならなくなったらどうするつもりだ。ここにも住めなくなって、緑が丘女子高校に行くための学費も払えなくなったらどうするんだ。オフクロはうちの今の仕事が気に入ってるんだぞ。ここのマンションも気に入ってるんだ。おまえがいい高校に通ってることも嬉しいんだ。そんなオフクロを不幸にするつもりか」

「でも、きょうの伯父さまは変。キ、キスなんかもしたわ。いやらしいところも触ったわ。お母さまに言われたくないなら帰って」

紫織はつかまれた手を離そうと躍起になった。

「おまえのことがずっと好きだったんだ。紫織のためにこの部屋をタダで貸したし、学校の手続きもしてやった。オフクロに働いてもらっているのは、変だと思われないためだ。全部紫織を思ってのことだったんだ。一生、紫織の面倒を見たいんだ」

猫撫で声で言ったつもりだったが、

「いや！」

紫織は即座に拒否した。

フンと鼻で笑った一寿は、芝居はこれまでとばかりに、紫織を押し倒した。

「あう！　やっ！」

三つ編みが乱れ、眉の少し上で切り揃えられている前髪が汗で額にこびりついた。形のいい薄い眉を寄せ、恐怖に引き攣《つ》っている十五歳の少女は、四十七歳の屈強な一寿にとっては生まれたての仔猫のようなものだ。

　セーラー服の上着をまくりあげ、薄手のキャミソールとブラジャーも引き上げた。掌に収まりそうなみずみずしいみごとな椀型の乳房に、桜の花びらのような色をした乳暈と乳首が載っている。

　母親譲りの白いすべすべした肌に一寿の剛棒は反り返り、精液をすぐにでも噴き出しそうになった。

　乳首を口に入れると紫織は背を浮かせ、「んんん……」と言いながら、ほっそりした首を折れそうなほど反り返らせた。

　乳首を舌でペロペロ舐めたり吸い上げたりしている間に、スカートに入れた手でパンティを引き下ろし、足指でさらに下げて踝から抜いた。

「やっ！　あう！　んん……うくくっ……」

　抵抗しようとしては乳首から全身に広がっていく快感に力を失ってしまう。はじめての経験に、紫織は一寿に対抗するすべを知らなかった。

　一寿の指が直接花園にふれた。

と、

溢れさせている紫織に、一寿はにやりとした。ワレメを秘口から肉のマメへとなぞっていく

肉マンジュウを割ると、指先にぬるりとしたものがふれた。一人前の女と同じように蜜を

紫織は腰を振った。

「やっ！」

「ああっ！」

また紫織が気をやって打ち震えた。

やはり、オナニーの経験がないのかもしれない。乳首の愛撫をやめ、太腿を大きく押しひらいた。

「い、いやっ！」

痙攣の収まっていない紫織だったが、破廉恥な一寿の行為に、彼を蹴ろうとした。

餅のようにやわらかい太腿をがっしりつかんで押しあげ、花園を見つめた。

「やっ！　いやっ！　だめっ！」

薄い恥毛に、肌がすっかり透けている。とろとろしたパールピンクの粘膜だ。人知れず美しい渓谷に咲いている幻の花とはこんな花かもしれないと思えるほど、紫織の花びらは可憐にひらき、透けるようなピンク色だった。

宝石のような小さな肉のマメが包皮から顔を出している。気をやった直後のせいだ。いつもは、恥ずかしげに細長い肉の帽子にこっそり隠れているのだろう。

感激した一寿は、さっそく蟻の門渡りあたりから肉のマメに向けて、味わうようにゆっくりと舐めあげていった。

「んくくっ！　んん！　くうっ！」

舌をつけるたびに気をやってしまう紫織は痙攣しながら蜜をとろとろこぼし、そのたびに体力を使い果たしていった。

オナニーの経験さえない純情無垢な紫織は、生まれてはじめてのエクスタシーを得るたびに、自分の躰に何が起こっているのかわからず、空に浮き上がるような感覚と、弾んで落ちる感覚に戸惑い、そのたびに濡れていくように感じる秘園にも戸惑っていた。

やけに感じている紫織に、一寿は心弾んだ。だが、指や口で感じるのもいいが、やはり膣で快感を感じるように教えこみたい。

深雪も今の紫織とたいして年のちがわないときに女になったのだ。これから今の深雪の年になるまで教えこんだら、どんなに素晴らしい女になるだろう。一寿は、こんな可愛い女をほかの男などには渡すものかと思った。

鼻頭や口辺に愛液のぬめりをついたいかにも猥褻な顔をした一寿は、肉茎の先を熱い花芯につけ、昴ぶりに胸を弾ませながら、一気に子宮に向かって貫いた。

「ヒイッ！、い、痛っ！」

生身の肉を裂かれる激痛に、紫織は汗を噴きこぼし、救いを求める恐怖の視線で一寿を見つめ、白い歯を見せて叫んだ。

紫織が苦痛の顔を向ければ向けるほど、一寿には満足感があった。

肉で肉を刺し貫く快感。貫く男と貫かれる女。だから女は男に征服されるように生まれついているのだと、オス獣の誇りと傲慢さに酔いしれた。

「やめて！　痛い！　お願い……」

目尻から涙が伝っている紫織は、下の花びらに似たピンクの唇を震わせながら哀願している。

「痛いのは最初だけだ。これを通過すると、もっともっと気持ちいいことが体験できる。何でも教えてやるからな」

処女膜をズタズタに切り裂くつもりで、肉棒を肉襞にそって大きくぐぬりと動かした。

「ヒイッ！」

一寿の胸を押し退けようとしている紫織の苦痛の顔を、彼は余裕たっぷりに見おろしながら、征服者の笑いを浮かべた。

女になったばかりの紫織を味わうようにゆっくりと抽送し、また縁にそって動かした。

「いやァ……ああっ、許してェ……痛い……」

躰を貫いた肉杭が簡単に離れないことを知った紫織は、声をあげ、しゃくりあげた。

破瓜の痛みは女によってさまざまだが、紫織の処女膜は厚めなのか、痛みを大袈裟《おおげさ》に装っているのではないのもわかった。それならそれで、なまじやさしさを出してやめたりすると、いつまでたっても結合のたびに痛みが続く。

「大きいチ×ポコは最初は痛くても、慣れるといいもんだぞ」

笑いを浮かべた一寿は、激しい抽送を開始した。

「ヒッ！　あくっ！　痛っ！」

苦痛に汗みどろになっている紫織を容赦なく突き続け、やがて一寿は多量の精液を女壺深く吐き出した。

失神直前のような紫織から結合を解くと、真っ赤な破瓜の血が、尻の載ったスカートに派手な染みをつくっていた。

泣いている紫織をそのままにして、一寿は勝手にタオルを取ってくると、破瓜の血と血まみれの秘園を拭いた。

それから風呂に連れていき、シャワーをかけて秘芯を洗ってやった。

「制服は二枚作ったはずだな。すぐに水洗いしてクリーニングに出すんだ。オフクロには何かこぼしたとでも言っておけ。きょうのことは秘密だぞ。わかってるな。オフクロや学校に知れたら大変なことになるんだ。退学はまちがいないし、オフクロは哀しむぞ」

自分が一方的に悪いことはおくびにも出さず、秘密を洩らすことで紫織の立場が悪くなるのだと、一寿はさりげなく脅した。

鼻を真っ赤にしてしゃくり続ける紫織に憐憫《れんびん》など抱かず、自分が女にした姪を、今後どんなふうに自分好みに調教しようかと、一寿はすでに次のことを考えていた。

2

「自分のオマ×コを、よく見ろよ」

一寿の持った丸い手鏡に、紫織の秘園とうしろのすぼまりが映っている。薄い恥毛が羞恥に震えていた。排泄器官にはほど遠いような淡い桃色のすぼまりも、恥じらいにひくついていた。

紫織は勉強部屋の肘掛椅子に座り、大きく脚を広げていた。

尻をできるだけ浅く置くようにと命じられていたため、背もたれに背中をつけると、肘掛をぎゅっとつかんでいなければ、椅子から落ちそうになった。

ひとりで部屋にいるときも、これまでこんな破廉恥な姿をしたことはなかった。まして、人前でするような姿ではなく、紫織はそれだけで泣きそうになった。

男と女の交わりがどんなものかも知らないままに処女を奪われてしまった紫織は、あの肉を引き裂く痛みと、クラスメートたちと同じ躰ではなくなったのだという哀しみや罪の意識に勉強も手につかず、毎日涙ぐむ日が続いていた。

処女膜を調べれば、セックスしたかどうかはすぐにわかる。学校や深雪に知られたら、深雪とは暮らせず、学校にも行けなくなるだろうと言う一寿の言葉に、紫織は十分すぎるほど怯えていた。

お嬢様学校の緑が丘女子高校を退学になったうえ、深雪に勘当されてしまったら、どこでどう暮らしていけばいいだろう。仲良くしているアニタや、新しくできた友人の家に行ったとしても、事実が露見すれば即座に追い出されるだろう。一寿の一方的な行為だったというより、自分は汚れてしまったという気持ちの方が大きい。

「このピンクのビラビラが破れた処女膜だ。一目で処女じゃないとわかるんだからな」

きょうも一寿はそう言った。そのひとことは、紫織をこれから自由にするための呪文のようなものだった。

深雪に似た白い肌は、まだ十六歳の誕生日を迎える前だけに、みずみずしく弾んでいる。破廉恥に広げられている太腿の張りが、深雪に似た餅肌とはいえ、微妙に趣がちがう。

男を長く味わってきたいかにも未亡人らしい深雪のねっとりした肌あいとはちがい、紫織の肌は若樹のようで豊かなしずくをしたたらせそうだ。

色っぽい深雪の腰つきとも完全にちがう。ただじっとしているだけでも男を誘っているような深雪の妖しい腰に比べ、紫織の腰はスポーツをするには最適な感じの溌剌とした趣がある。

母と娘の肉体を交互に堪能するようになった最近の一寿は、ときおり女体のちがいの研究をしているような気分になることがあった。

「これは何だ」

小さな花びらをぴらぴらと指先で左右に動かすと、「ああっ」と紫織は口をあけてビクリとし、同時に腰を突き出してきた。

触る前は乾いていた秘芯に、透明な湿りが現われている。朝露のようなきれいな蜜液だ。

「今のは何だ」

「小陰唇……」

「花びらは何のためにある」

「ペ、ペニスをお握りするため……」

教えたとおりに口にしている紫織に、一寿はクッと笑った。

「じゃあ、これは何だ」

「あん……」

肉のサヤを撫でると、いっそう豊富な蜜がとろりと溢れた。

「オマメのお帽子……」

「マメにどうして帽子がいるんだ」

「感じすぎるから……」

「感じすぎるから何だ」

「か、感じすぎるから……お帽子かぶってないと、歩くときに困るから」

「どうして歩くとき困る」

「い、いっちゃうから……」

オナニーを知らなかった紫織は、一寿によってエクスタシーを知り、それが「イク」という言葉で表現されることを教えられた。まだ膣でイクのは時間がかかるかもしれないが、肉のマメでイクのはすぐに覚えた。

「オマ×コの中に指を入れろ」

たちまち紫織は哀しげに、困惑した顔をした。

処女を失ってからこの一週間の間に、すでに四、五回も太い剛直で貫かれているにもかかわらず、秘口に指を入れるのは恐かった。行為の痛みはようやく薄れてきたが、まだ何かを入れるのは恐い。

「入れろと言ってるんだぞ。いちばん長い中指を入れろ」

穏やかに言っている裏にも、絶対的な命令の響きがこもっている。従わなければ何らかの仕置をされることがわかっているため、紫織は肘掛から右手を離し、鏡に映っているピンクに輝く秘花の中心に、恐る恐る中指を置いた。

不安で息が荒くなり、鼻と口から出る息とともに、乳房と腹も一寿から見ると大袈裟と思えるほどに大きく波打った。

紫織は憐憫を乞うような視線を一寿に向けたが、顎でシロとしゃくられ、哀れな顔をしながら、家事などしたことがないというようなしなやかな指を挿入した。

ぬくもりのあるやわらかい肉襞だけに恐い。デリケートな襞を傷つけてしまいそうな気がする。

「何だ、それっぽっち入れてどうする。根元まで入れろ」

「恐いの、伯父さま……」

「そんな細い指で恐いだと？　もしかして、もっと太いものを入れられたくて催促してるつもりじゃないのか」

紫織は慌てて指を深く押しこんだ。指がすっかり美肉のあわいに消えた。

「入れたら出し入れするんだろうが。いちいち言わせるな」

「あう！」

いきなり乳房を鷲づかみにされ、紫織は椅子から尻を落としそうになった。

「おまえがグズグズするのなら、いつまでだっているぞ。オフクロが帰ってこようとかまわないんだからな」

「いや」

紫織は指を動かした。遊んでいるような愛らしい指の動きだ。

「感じるか」

即座に紫織は首を振った。

「中に入れたまま、その親指でマメをモミモミしろ。きのうよりうまくやれよ」

コクッと喉を鳴らした紫織は、すでにぬめついている肉のマメを親指で丸く揉みしだいた。

我慢できず、すぐにカーペットにつけている足を浮かせて足指を内側に曲げ、その親指だけで脚を支えて膝頭をぶるぶる震わせる紫織は、太腿まで震えていた。

「絶対に指は出すなよ」

「あぁん……あん……だ、だめ……伯父さま……あああ、い、いくゥ……ああっ！」

気をやったとたん、縁に掛けている尻が滑り落ちそうになり、一寿が即座に太腿を支えた。秘奥に入れていた指はすでになく、一人前にひくつく肉壺から蜜がしたたっている。うしろのすぼまりも前といっしょにひくついているさまは、猥褻というより紫織らしい愛らしさがあった。

だらりと椅子の脇に両手をたらした紫織は、首をがくりと落とし、口を軽くあけて目を閉じた。呼吸の乱れで、うっすら汗ばんだ総身の腹から胸にかけて大きく波打っている。

エクスタシーを知って、紫織はその日からその感覚の虜《とりこ》になっていた。自分の躰にそんな感覚を呼ぶ部分があることは驚きだった。破瓜の痛さはこりごりだったが、外性器で簡単に得られる快感は麻薬のようで、一度知ってしまえば誘惑に駆られてしまい、どうしようもなかった。

ひとりのとき、秘芯に指を入れようと思ったことはないが、肉のマメをもてあそんでの快感は、この一週間でこっそりと三度ほど味わっていた。

躰の奥底から駆け抜けていく悦楽を味わったあとは倦怠感《けんたいかん》につつまれ、即座に眠くなる。このままベッドに横になって眠りたかった。

「指は出すなと言ったはずだ。言われたことを守らなかったから仕置だ」

「許して」

ぼおっとしていた紫織は、仕置という言葉にゆるんだ躰を硬直させた。

腫《は》れあがるほどスパンキングされたこともある。乳首をつままれ、あまりの痛さに小水を少し洩らしたこともあった。花びらがちぎれるかと思うほど引っ張られたこともあった。アヌスに指を入れられ、その恥ずかしい匂いを嗅がされて泣いたこともあった。

ようするに、一寿が来れば必ず何らかの口実で仕置されていた。

「痛いことしないで。恥ずかしいことしないで。お願い、伯父さま」

一寿はこの、お願い、と言うときの紫織の泣きそうな視線が気に入っていた。このお願いの言葉を聞くと、どうしても逆に虐《いじ》めたくなる。これまではほんの食前酒で、これからがいよいよ本番だと力が漲ってくる。

「そうだな、フェラチオがうまくいったら許してやってもいい。私をイカせてザーメンを全部飲めたら、きょうはそれで帰ってやる」

紫織の覚えたてのフェラチオでイケるほど一寿の肉茎は軟弱ではない。これまで二度咥えさせたが、紫織は何もできなかった。だから口で射精はしなかったし、まだ紫織は精液の味を知らない。

「交代だ」

紫織を椅子から下ろし、かわりに彼が座って脚を広げた。

濃い茂みの中から立ち上がっている恐ろしいばかりに反り返った肉杭を、紫織はびくついた目で眺めた。

男のものがそんなふうに堅く大きくなるなど予想もしていなかった。処女を奪われたときは見る前に貫かれてしまったので、どういうふうにそれが変化したのかわからなかった。しっかりと見たのは次の日だった。あまりのグロテスクさに鳥肌立った。そんなもので躰を貫かれたことを知り、よく出血が自然にとまったものだと思い、死なずに済んだのが不思議だとさえ思った。

死んだ孝のものもそんなふうに大きく堅くなり、深雪を貫いたのだろうかと考え、父と母の秘密の行為を否定したかった。

「しゃぶれ。女はしゃぶるのがうまくないと男に愛想をつかされるぞ」

紫織の顎を持ち上げた。

目のぱっちりしたうぶな美少女の哀しい顔は、深雪の上品さをそのまま受け継いでいる。品というのは、生まれつきのもので、いくら金をかけて着飾ろうが邸宅に住んでみようが、そんなことで身につくものではない。また、美形かどうかとも関係なく、内から滲み出すものだ。

紫織は十五歳にもかかわらず、生涯持ち続けるだろう品性を備えていた。その紫織のはじめての男になり、これからも自分の手で品格あるまま淫らな女に育てていくのだと思うと、精力が満ちてくる。

淫らな女が淫らになっても何の面白味もない。品がある女だからこそ辱めてみたくもなるし、その羞《は》じらいを堪能する悦びがあるのだ。もしも、羞じらいのない淫らなだけの女になることがあれば、そのときはどんな男にでも払い下げてやるだろう。

「さっさと自分だけ指でイキおって、こんどは私がイクばんだ。おまえにはこれから女の悦びをいくらでも教えてやる。だから、男に悦びを与えることも覚えろ」

ひざまずいたままためらっている紫織の頭をつかみ、無理に引き寄せて肉茎を咥えさせた。

「ぐ……」

無臭とはいえない、好きになれないムッとする淫猥な男の臭いと、口いっぱいに満たした剛直の太さに息がとまりそうになった。逃げたい思いを堪えながら、ゆっくりと頭を動かした。

三つ編みを背中で揺らしながら、紫織がフェラチオをはじめた。溶けてしまいそうな桜色のやわやわした唇をせいいっぱいまるく開き、太い剛直を咥えているさまを見おろしているだけで、一寿は精力剤を飲んでいるような気持ちになる。

「先っぽだけでなく、もっと根元まで咥えろ。舌も動かせと言っただろう。カサの下をペロペロ舐めたり、先っぽをつついたり、吸い上げたりしろと、きのういろいろ教えたばかりじゃないか」

哀しそうな顔をしてクスクスと鼻をすすって、紫織は喉につかえるほど剛棒を深く咥えこんだ。そうすると、舌など動かせない。咥えているだけでせいいっぱいだ。

頭を引き、少し浅く咥える。すると少しだけだが口蓋に隙間ができ、舌を動かす余地もできる。チロチロと舌先で堅い側面を舐めてみる。知ってまもない剛直は、まだ恐ろしい。それを口に入れて舐めているのだから、慣れるどころか、ますます不安になって泣きたくなる。

「もっと舌を動かせ。ただ触るんじゃない。しゃぶったりねぶったりという気持ちで気持ちを入れてやるんだ」

言ったところでそう簡単にうまくなるはずはない。ほんの少し舌を這わせる範囲が広くなった程度だ。

「まどろっこしい奴だ」

口から肉杭を引き抜いた一寿は、部屋の壁ぎわのシングルベッドに紫織を仰向けにし、顔を跨いで口に押しこんだ。

「むぐぅ……」

がっしりした体が真上から覆いかぶさってくる重圧感や、顎に当たる皺袋の不気味さに、窒息しそうな怯えが走った。

「咬《か》んだらただじゃすまんからな」

顔をそむけようとすると、剛棒が喉に突き刺さりそうなほど深く押しこまれた。そのまま腰を下ろされ、顔を塞がれるのではないかと、恐怖の汗が噴き出した。

怖気づいた顔をして、両手で腰を押し上げようとしている紫織の無力さがおかしい。一寿は腰を浮かしては沈めた。

「んんぐ……」

薄い眉根を寄せて鼻を赤くしている紫織に、ますます嗜虐の血が滾《たぎ》った。

「咬んだりしたら、こいつをオマ×コじゃなく、ケツの穴にぶちこむからな。しっかり口をあけてろ」

射精するつもりで腰を動かした。

「ぐぐ……あぐ……」

苦しそうに何か言いたそうにしている紫織を無視した。紫織は相変わらず、か弱い腕で一寿の腰を押しのけようとしていた。

やがて一寿の腰はラストスパートの速い動きに変化し、紫織の唇を激しく摩擦した。

顔を振ろうとする紫織だったが、喉に向かって抜き差しされる肉茎が口から完全に出てしまうことはなく、抽送から逃れることはできなかった。

「イクぞ。飲めよ。こぼしたら許さんからな」

深く腰が沈んだとき、喉に向かってザーメンが飛び散った。その瞬間は味も臭いもわからなかったが、肉茎が唇から抜かれたとき、吐き気を催す青臭さが口中に広がり、強烈に鼻をついた。

「う……」

紫織は口のなかの精液を飲みこむどころか、そのまま口に入れておくこともできず、顔を横にして吐き出した。

吐き出しても青臭さは残り、うがいでもしない限り鼻について消えそうになかった。胸の奥から、またこみあげてくるものがあった。

喉に手を当て、涙を滲ませて口のなかの男の痕跡を消そうとあがいている紫織を、一寿はひっくり返した。

形はいいが深雪の色っぽさにはかなうべくもない若々しい尻を、力いっぱいひっぱたいた。

「あう！」

吐き気を忘れ、ひりつく尻に紫織は声をあげた。

「飲めと言ったのに、よくも吐き出したな」

「ヒッ！　許して！　あっ！」

うつぶせの躰を起こそうと、紫織は両手でシーツを押した。その背中を押さえつけながら、一寿のスパンキングは続いた。白い肌だけに、赤い手形が浮かび上がっていった。

起き上がることができないとわかった紫織は、打擲されるたびに総身を反り返らせ、声をあげた。そして、いつしかすすり泣いていた。

「こんどは飲めるか。どうだ」

「あぁう……はい……許して、伯父さま」

ひくひくしゃくっているまるく細い肩先の震えは、いかにも自由のない獲物という感じだ。

「おまえを女にしたのは私だ。おまえはこれからずっと私だけのものなんだ。わかってるんだろうな。どうなんだ」

「は、はい……」

汚された躰をほかの男が愛してくれるとは思えなかった。バージンではないことを誰にも言わず、一生独身のままで生きていくしかないのだとさえ、紫織はこの一週間考えていた。

「紫織の躰は伯父さまだけのものですと、心をこめて言ってみろ」

赤い尻を撫でまわした。

「紫織の躰は……伯父さまだけのものです」

「本当にそう思っているのか。口先だけならまた尻っぺたを折檻するぞ」

「ぶたないで。紫織は一生、伯父さまのものです」

ひときわ大きく肩先が震えた。

「ようし、紫織がそう言うのなら、いくらでも紫織とおまえのオフクロのために力を貸してやる。上を向いて脚を広げろ。可愛いおまえとひとつになりたくて、チ×ポコがビンビンだ」

「あそこにおっきなもの、入れないで」

これから秘芯に肉茎を挿入されるのだとわかると、紫織のすすり泣きが大きくなった。

「またケツをひっぱたかれたいのか」

仰向けになりたくない紫織だったが、容赦ないスパンキングでまだ臀部がヒリヒリしており、仰臥《ぎょうが》するしかなかった。

「恐い……痛くしないで」

哀れみを乞うような赤く潤んだ目と鼻、高校生らしい三つ編みと、その乱れてほつれた髪が、一寿をまた新鮮な気持ちにした。

肉体の一部というより、甘やかな菓子のような小さな乳首を口に入れた。

「あん……」

びくりと裸身を緊張させた紫織の声は、泣き声から快感を伴ったやや鼻にかかった声に変わっていた。

打擲のあとはまどろっこしいほどのやさしい愛撫だ。

「くすぐったい……あん……」

まだ開発されていない躰は、快感ではなく、まずはくすぐったさを先に感じてしまうようだ。それでも、よりソフトに舌や唇を使っていると疼きを感じてくるのが微妙な声の変化でわかる。

「んんっ……あぁう……はあっ……いやん……」

抱きしめられていては逃げられず、いつしか紫織は一寿の背中に腕をまわし、快感に耐えるようにギュッと力を入れた。

「あああん……」

「どうした。ん？」

顔を離すと同時に堅くなっている乳首を指で揉みしだきながら、何か言いたそうにしている可憐な唇を見つめた。

「太いものが欲しいんだろう」

紫織は即座にいやいやをした。

秘園を探ると濡れている。十分に感じていた証拠だ。ただ、紫織自身、感じているということすらまだよくわかっていないのかもしれない。

肉のマメをさわるとすぐにイッてしまうので、花びらをぴらぴらと軽く弄んだ。

「はああ……」

腰をくねらせ、せつなそうな声を出した。

また乳首を舐めた。

「やん……いやっ」

鼻にかかった声は、メスに近づいている。

いくらでも時間をかけたいところだが、深雪が戻ってくる前には姿を消していなければならない。まだ互いをいたぶっていることは隠しておかねばならない。ふたりを使って緑が丘女子高校の敷地の一部を手に入れる計画を、大石と本格的に練りはじめている。

あわいめをくつろげ、秘口に肉茎を押し入れた。

「あ……」

不安そうな紫織の声だったが、すでに数回目の挿入になり、びっしょり濡れていたこともあって、きのうよりまたいちだんとスムーズに入りこんだ。

ただでさえ大きな一寿の剛棒だ。処女膜を破いてしまったとはいえ、そうそう簡単に紫織が喘ぎ声をあげるはずがない。それでも、痛みからはようやく解放されたのがわかった。

ゆっくり抽送しているとき、電話が鳴った。一寿の躰の下の紫織の動揺は滑稽なほどだ。

「わかってるだろうが、オフクロだったら私がいることは言うなよ」

女壺を貫いたまま手を伸ばし、子機の受話器を取ってやった。

そんな状態で話すことに紫織は困惑し、受話器を持つ手が震えていた。

「はい……ああ、さつき……今ね……お客さまがいらっしゃってるの……えっ？　すぐ近く？　ええと……」

「誰だ」

一寿は送話部を押さえて聞いた。

「クラスのお友だち。近くに来てるから寄りたいって言うの。でも、だめって言うわ」

自分のこんな浅ましい生活を知られたくなかった。

「来いと言え。私は五分以内に帰ってやる」

紫織はほっとした。決して気持ちがいいとはいえない行為から解放されるのだ。さつきが救い主に思えた。

「あ、来ていいわ。もうお客さまはお帰りなの。でも、すぐじゃなくて、二、三十分後にしてほしいの」

乱れている髪やベッドを整え、シャワーも浴びておきたかった。

電話を切ると、一寿は射精のために抽送を再開した。

「あ、いやっ！　伯父さま、やめて！　あう！　あ！」

抵抗する紫織をにんまり眺めながら、このまま帰れるかと、一寿はラストスパートの速い抜き差しに入った。


シャワーを浴びている間に帰ると言っておきながら、まだソファーにでんと座っている一寿に、紫織は深い溜息をついた。

やがてドアホンが鳴った。

紫織は彼に言われるまま小泉さつきを迎え入れた。

「伯父さまなの……」

「こんにちは。お客さまって伯父さまだったんですか。ごめんなさい。近くまで来たものですから」

「帰ろうと思っていたところなんだ。かまわないよ」

緑が丘女子高校に通っているからには、そこそこのお嬢さまだろう。紫織同様、世間知らずの感じがする。

紫織よりずいぶん豊かな乳房がセーラー服を押している。

ショートヘアのぽっちゃりしたまるっこい女で、厚めの唇や、ややまるい感じの鼻を見ていると、そのままおっとりと大人になり、裕福な家庭の妻に収まるのが想像できるようだった。

このさつきも自由にしたいと一寿は思った。思ったからには、すでにさつきは狙われた獲物だ。だが、紫織のバージンを戴いたことだし、思いきって、センチュリー開発代表取締役の大石に、さつきのバージンは譲ろうかと考えた。

緑が丘女子高校の敷地の一部を手に入れてビルを建てることが大石の希望であれば、ひとりでも多くの生徒を何らかの形でうまく道具に使い、理事長の説得に使うことを考えなくてはならない。

大石に力を貸し、ビルが建つことになれば、一寿の会社はまちがいなく設備工事の大口発注を受けることになるだろう。

「じゃあ、伯父さんは帰るぞ」

さつきがどんな女か確かめた一寿は、びくついているのがわかる紫織に軽く手をあげて立ち上がった。次に、さつきにやさしい笑みを送った。

3

ボールギャグを嵌められたショートカットの全裸の女が、磔台《はりつけだい》に大の字に拘束されていた。小麦色の肌がねっとり汗ばんでいる。

一寿に連れていかれたラブホテルで、いきなり目に入った女の姿は、紫織には刺激が強すぎた。恐怖で足が竦《すく》み、腕を引っ張られてようやく前に進んだほどだった。

壁ぎわには、病院にある診察用の堅そうな細いベッドもある。

磔にされているのは女子大生の裕美だった。浮気を口実に拘束具や鞭を使ってプレイするようになったが、それから大石と、ときどき3Pも楽しむようになっている。

磔台の前の椅子に大石が座って、煙草をふかしていた。この郊外にあるラブホテルは、趣味で大石が経営しているものだ。SMを楽しめる部屋は、車庫つきの全十戸の建物のうち、二戸だけだ。

都内では贅沢な敷地を持つ緑が丘女子高校の東側の土地をどうしても手に入れたくてたまらない大石が、理事長を陥れる一寿のシナリオに興味を示した。そのシナリオに裕美も紫織も登場するわけだ。深雪もむろん、あとで動いてもらうことになる。

嵌口具《かんこうぐ》で喋れない裕美は、視線で救いを求めていた。大石と一寿だけならこれまでどおりだが、若い女も入ってきたのだ。同性というのがこたえた。惨めな姿だということをいつになく強く意識した。

磔台から逃れようと、革で拘束されている手足を躍起になってねじ動かしている汗で光った裕美の姿に、大きな白い衿《えり》の可憐なブラウスを着た紫織は、乳房だけでなく、肩先まで喘がせた。

「ほう、可愛いお嬢さんだな。折檻の見物か」

「まさか。どこか空気のいいところでうまいコーヒーでも飲みたいと思って誘いに来たつもりだったんだがな」

「二、三十分待ってくれ。この女は悪いことをしたから、仕置しなければならないんだ。まだ半端でな。終わったらつき合うから、そこで待っててくれ。お嬢さんも待っててくれるだろう？」

「ぐ……」

煙草を揉み消した大石は、やおら立ち上がり、房鞭で裕美の太腿を打ちのめした。

「いやっ！」

嵌口具でくぐもった裕美の声と、紫織の声がほとばしったのは同時だった。

鞭という野蛮な道具をはじめて見た紫織は鳥肌立っていた。

二度目の鞭は豊満な乳房を叩いた。

「いや！」

また紫織は叫んだ。恐怖の喘ぎはさらに大きくなり、ハアハアと荒い息を吐いた。その目は大きく見ひらかれ、唇がわなわなと震えていた。

ボールギャグと唇の狭間から、たまった唾液をしたたらせる裕美のおぞけだっている顔と、乳房に刻まれた赤い一筋の鞭痕に、紫織は寒気がした。

「助けて……」

ここでは一寿さえ頼もしい正義の男に思え、思わず紫織は彼にすがった。

「私に言われてもな」

想像どおりの紫織の動揺を見てほくそえみながら、一寿は間延びした答え方をした。

鈴のついた洗濯バサミが裕美のふたつの乳首を挟んだ。その痛みに裕美の顔が歪み、総身が硬直した。チリチリと鈴が鳴った。

女である紫織には、それがどんな苦痛をもたらすものか察せられた。痛みを想像しただけで、紫織は立っていられないほどだった。

大石はそれでも満足しないのか、脂汗を噴きこぼして苦悶の表情を浮かべている裕美の秘園を、紫織に見えるようにわざとらしく大きくくつろげた。紫織よりずっと濃い恥毛だった。

「この女はこのいやらしいオマ×コで男を何人も咥えこんだんだ。だから、ココも仕置しないといけないわけだ」

鈴をぶら下げた洗濯バサミが、またも残酷に大きめの二枚の花びらを挟んだ。

「ぐぐ……」

小麦色の太腿と鼠蹊部が、ピシッと音を立てて裂けそうなほど張りつめた。そして、そのあとブルブルと震えた。拘束され水平になっている手を、裕美は痛みをまぎらわせるため、ギュッと握っていた。

声にならない声をボールギャグの狭間から噴きこぼしながら、裕美は、やめて、と言うような哀願の眼差しで必死に首を振りはじめた。

四つの鈴がいっせいに、チリンチリンと裕美の苦痛と裏腹に可愛く涼しげな音をたてた。

「ああ、いや……伯父さま、助けて……お願い」

紫織は泣きながら一寿に訴えた。大石に近づいて直接頼む勇気はなかった。平気な顔をしてこれほど残酷に女を責める男だ。

「彼に言ってみたらどうだ。彼の女を私がどうこうするわけにはいかんからな」

もともと自分の女だったこと、今はいっしょにもてあそんでいることなどおくびにも出さなかった。

「どうかしたのか」

大石が振り返って尋ねた。

「この子がその女を助けてやってと言うんだがな」

「まだ仕置ははじまったばかりだ。このくらいじゃ、この女、なかなかわからないんだ。それとも、可愛いお嬢さんからの頼みとあっちゃ、考えてやらなくてはならんかな」

「そんなこと、しないで。お願い。解いてあげて」

一寿から聞いていたとおりの上品でなかなかの美少女だと、涙を浮かべている紫織を大石は舐めるような視線で見つめた。

「まだ解いてやるわけにはいかないが、言うとおりにしてくれるなら、そのあと、放してやってもいい。どうする？　いやなら、これからまたすぐに鞭で仕置をはじめたい」

「この人を打たないで。言うとおりにするわ」

恐ろしい男と直《じか》に話すだけでも息苦しかった。

「そうか、それなら、まずは自分で洗濯バサミをはずしてやることだな」

そう言われたものの、全裸の女に近づくことにはためらいがあった。

「うん？　いやなら、そこで見物しておくことだな」

鞭を手にした大石に、紫織は、待って、と裕美の前に走った。そんな紫織に、ふたりの男が目を合わせてにやりとした。

乳首を痛めつけている洗濯バサミは何とかすぐにはずせたものの、秘園の花びらを挟んだものを取るには戸惑いがあった。

全裸の女の前に立っているだけで恥ずかしい。それなのに、次は、まだ見たこともない他人の女園に触れるほど近づかなければならない。

「下のは取ってやらないのか。早くしないと、この人は鞭の名人だから、鞭でそいつをはじき飛ばすと言い出すぞ」

「お嬢さん、見たいだろう？　花びらを掠りもせずに、洗濯バサミだけに鞭を当てて飛ばすんだ。ちょっとどいてもらおうか」

「ぐぐ……」

裕美は躰をねじって総身で拒もうとした。首をいやいやと振りながら、たまった涎《よだれ》をまた嵌口具の狭間からしたたらせた。

乳首の洗濯バサミは鞭で打ち落とされたことはあるが、花びらの洗濯バサミは落とされたことはない。

いくら鞭が花びらに直接当たらないとはいえ、はじき飛ばされるときの痛みは想像できる。デリケートな花びらが、もしかして洗濯バサミといっしょにちぎれるかもしれないという恐怖さえ持った。

近づく大石に、裕美はこれまで以上に必死になって総身を動かし、自分ではどうすることもできないとわかっている拘束を解こうと躍起になっていた。

九十センチはありそうなバストがぶよぶよと揺れ、その谷間から落ちる汗がすぐに玉になってツツッとしたたっていった。

「やめて！」

ためらっている時間はなかった。紫織はひざまずき、濃い茂みを載せた肉マンジュウの内側の、大きめの花びらを咬んでいる洗濯バサミを震える指先ではずした。チリンチリンと、また場違いの可愛い音がした。

「お嬢さん、それをはずしてやったんだ。ついでに花びらをモミモミしてやったらどうだ。痛みで麻痺してるかもしれないだろう」

「おまえが言うとおりにすると言ったから、この人は仕置を中断してるんだぞ。気が短い人なんだ」

大石は紫織を退け、鞭の柄で裕美の太腿を押した。それからその柄を鼠蹊部に向かって這わせていき、陰唇を左右にくつろげ、さらに上がって肉のマメをグイと押した。押したままグリグリとこねまわした。

「ぐ……」

　裕美は尻を振った。だが、しっかりと果実を押さえこまれているため、鞭の柄から逃れることはできなかった。

「今度はこの淫乱なオマメを洗濯バサミで挟もうと思うが、お嬢さん、いいアイデアだと思うだろう？」

　肉のマメを知って間もない紫織は、そこがどんなに敏感なところかわかっているだけに、総身に冷たいものがよぎっていった。

「お嬢さんが挟んでみるか？」

　花びらからはずして床に置かれているまだぬくもりの残っていそうな洗濯バサミをふたたび手にして笑いを浮かべた大石に、紫織は怯えた顔で首を振った。

「しないで……」

　声が掠れた。唇が乾き、喉もカラカラになっていた。

「花びらをモミモミしてやるというのか」

　かすかにあいた唇を震わせながら、紫織はようやく頷《うなず》いた。頷いたものの、恥ずかしさや不安に泣きそうになった。

ついこないだまでオナニーという行為も知らないまま過ごしてきた。そして、バージンを失い、自分の指で慰めることを知って、まだ一カ月ほどにしかならない。

ほかの女性の女の器官を見たこともない。それなのに、はじめて会った女の花びらに触れと言われているのだ。

ためらっていると、背中でヒュッと空を切る鞭の音がした。次に鞭は、床を叩いた。

ぐずぐずするな。言われたとおりにしないのなら、そこをどいてもらおうか。そんなふうに言っている鞭の音だった。

紫織はびくりとし、汗ばみ、やむなく濃い翳りに視線をやった。心臓が激しい音をたてていた。今にも胸から飛び出してしまうのではないかというほど乱れた鼓動だった。

「お嬢さん、よく見えるように片手でそいつのオマ×コをひらいて、もう片方の手でモミモミしてくれないか」

背後の大石が指図した。

ふたりの男が顔を見合わせてニヤニヤしているのを知るはずもなく、緊張している紫織は、ひざまずくと胸を喘がせながら、翳りを載せた大陰唇を細い二本の指先でくつろげた。

自分とちがうやや色づいた大きな花びらと大きめのクリトリス。全体的にこぢんまりしている紫織のものに比べ、裕美の性器は熟しきったような派手な形をしていた。

ためらうと鞭音がして、大石の言葉がわりに紫織に次の行為を促した。それでも、裕美の花びらにふれるには勇気がいった。

肉厚の外側にひらいた花びらは、熱くぶよっとやわらかかった。ふれると同時に裕美が意味のわからない声をあげ、鼠蹊部を緊張させた。

モミモミしろ、などと言われているが、紫織はどうすればいいのかわからなかった。それでも、じっとしていてはこの女が鞭打たれるかもしれないと、指一本で片方の花びらを軽く押さえて揉みしだいた。

女の尻がくねっと動いた。「の」の字を描くように卑猥に動く尻は、揉みしだくうちに右に左にといっそう妖しく動いた。嵌口具から洩れる声より、鼻から洩れる甘い喘ぎの方が大きい。

紫織の指先がいつのまにかぬるぬるしてきた。感じると出てくる蜜液だとわかるようになった今、紫織は、自分の指でこの見知らぬ女を感じさせているのがわかり、恥ずかしさに全身が熱くなった。恥ずかしすぎて大声をあげたいほどだ。

頭上で女が鼻から熱い息を洩らしているのもわかる。尻のくねりもより卑猥になり、ぬるぬるで揉みしだく指が滑りそうだ。

荒い息の間隔が短くなっている。もうすぐ「イク」のだと、紫織にも予感できた。

「よし、指はやめだ。こいつをオマ×コに入れて出し入れしろ」

黒いグロテスクなバイブを差し出され、紫織はギョッとした。はじめて見る男形だ。まだ一寿は紫織にバイブを使っていない。一寿の大きな肉茎よりさらに太いバイブだ。

「どうした。淫乱女がジュースをいっぱい出して、早くシテシテと言ってるのは、もしもお嬢さんが男を知ってるならわかるだろうがな」

バイブを差し出しながら、片手でピシピシと床を鞭で打つ大石の催促に、紫織は恐ろしく猥褻な道具を受け取るしかなかった。

「紫織、オマ×コに入れる前に、先っちょを舐めてたっぷり唾液をつけないと、そのままでは入らんぞ」

一寿は足を組んで面白そうに見物していたが、横からついチャチャを入れたくなった。

エラの張った男形の先を、紫織はこわごわ舐めた。

「そんなナメナメぐらいじゃ、痛くてオマ×コが裂けてしまうぞ。ぱっくり咥えて唾をもっとたっぷりつけてやれ」

一寿の言葉に口を大きくひらいてバイブを咥えた紫織だったが、唇も乾き、いつもより唾液が少なく、また泣きたくなった。

「よほどそいつが気に入ったようだが、さっさと入れてくれないか、お嬢さん」

今度は大石に催促され、いかがわしいものを持っているだけで平静でいられないというのに、紫織はパニックに陥りそうだった。

「早くオマ×コに入れて出し入れしないか。根元までグッとつっこんでからな」

ピシリと強めに床を打った鞭に、紫織は口からバイブを出した。

花びらを揉みしだくより、バイブを秘芯に挿入する方が勇気がいる。で、自分の秘口にさえ指一本入れられない。それなのに、つかみきれないほど太いバイブをそこに入れろと言っている。

指で花びらをくつろげると、ぬめっているピンクの粘膜がグロテスクに口をあけ、処女膜の断片らしいものがひくついていた。

秘壺の入口はわかったものの、手にしている太いものは入りそうにない。それに、二十センチほどもありそうな長さのものが根元まで入るはずもなかった。入れれば怪我をさせ、真っ赤な血がドクドクと噴き出しそうで、紫織はひくつく秘口にバイブを入れる決心がつかなかった。

「どうした」

「こんな大きなもの……入らないわ……だめ、許してあげて」

大石を見上げて頭を振った。

「入らないかどうか、自分で試してみればいい。紫織、自分のソコに入れてみろ」

一寿が椅子から立ち上がった。

「そうだな、そんなに心配なら、まずは自分のソコで試してみることだ」

大石がにやりとした。紫織はふたりに左右から挟まれていた。

「パンティを脱げ、紫織」

「いやっ……いやあっ」

ふいに自分に向けられた獣の視線に、紫織は洩らしそうなほど恐怖心を抱いた。

「さっさとこの人の言うことをきかないからだ」

あっというまに一寿によって壁ぎわの細いベッドに押さえつけられ、その間に、大石がさっとスカートをまくりあげ、白い小さなパンティをずり下ろした。

「あう！　いや！　やめて！　いやっ！」

ちぎれそうなほど首を振りたくりながら、全身であらがっている美少女に心弾ませながら、一寿に上半身をまかせ、大石は太腿の間に割りこんで尻をつき、両脚を広げて白い太腿を押さえこんだ。

両手が自由になったところで淡い翳りの秘園を撫でまわし、こぢんまりした秘園の形を観察して、肉のマメを包皮の上から揉みしだいた。

「あうっ！　んん！　やっ！」

敏感すぎる肉のマメへの愛撫に紫織が声をあげると、一寿が乳首を軽くつまんでもてあそびはじめた。

「あはっ……やっ！　くっ！　はあっ……」

ふたりがかりで同時に躰をいじられると、感じすぎて苦痛だ。感じているのか苦しいのかもわからなくなる。

「おう、ちゃんとオツユが出てきたぞ。お嬢さんもいやらしいことが好きなようだな」

秘芯に指が入った。

「あう」

抜き差しされていると、すぐにグチュグチュッと淫らな音がした。

「紫織もやけに好きものになったな。何だ、その音は」

一寿が紫織の顔の上で笑った。

「お嬢さん、そろそろ太いやつを入れるぞ。腹いっぱい食べていいぞ」

「いや！　やめてっ！」

尻を動かそうとしても、大石の脚に邪魔され、逃げることができない。

「こうやってペロペロやってな」

大石はにやけた顔つきでバイブの先を舌を出して舐めて見せた。

「さて、押しこんでみるぞ」

「いやっ！　助けて！　伯父さま！」

恐怖の形相で叫ぶ紫織を、ふたりは玩具《おもちゃ》のように楽しんでいた。

「息を吐いて楽にしてろ」

秘口にバイブをつけ、大石はねじるようにして挿入していった。

「痛っ！　んんん……むう……あぁう……あああ……」

肉襞をいっぱいに押し広げながら、太い男形が押しこまれていく。紫織は息がとまりそうだった。少しでも動けば、花壺が裂けてしまいそうで恐ろしい。身動きせずに大きく口をあけているしかなかった。

「ほれ、お嬢さんのオマ×コにも入るんだ。その女に入らないはずがないだろう」

深く深く内臓にまで達しているように感じるバイブの、ゆっくりとした抽送がはじまった。

唇を震わせ、こわばっている紫織の総身から、ねっとりとした汗が滲み出した。

「あの女に同じことができないなら、これよりもっと太いやつをおまえのココに押しこんでみるが、どうする？」

声を出せず、紫織は見ひらいたままの目を大石に向け、ようやくそれとわかるほど首を振っていやいやをした。

それからもしばらく抽送して紫織を脅した大石は、バイブを引き抜くと、蜜で濡れているそれを、紫織の口に押しこんで舐めさせた。

「よし、あの女のオマ×コにこれを入れて悦ばせろ」

恐怖で硬直していたため、ぐったりしている紫織だったが、よろりと起き上がり、裕美の前にひざまずいた。

「オマメをナメナメしてから入れろ」

もはやためらう意識もなく、紫織は汗と淫靡な女の匂いのする花園に顔を埋め、肉のマメを可愛い舌先で舐めた。

「ぐ……」

裕美の尻がむずがるようにくねった。

すぐにコリコリしてきた果実を、紫織は一心に舐めあげた。裕美の腰のくねりが大きくなり、くぐもった声も鼻息も、エクスタシーを間近にした間隔の短い荒いものになってきた。

肉芽を舐める舌先に、やや塩辛いヌメヌメがいっぱいだ。ただ必死に舐めあげた。腰が動いてわずかでも舌から肉芽が逃れようとすると、逃れる先に顔を動かした。

「うぐ！」

突き上げるように腰がグイッと跳ね、続いて痙攣が起こった。さすがの紫織もビクリとし、顔を離した。

太腿から鼠蹊部にかけて筋肉が引き攣りを繰り返している。グロテスクなピンクの秘口もヒクヒクと蠢いていた。そして、そこから透明な蜜が糸を引いてしたたり落ちていった。

呆然《ぼうぜん》としている紫織に、大石が顎をしゃくった。

紫織はバイブを取り、まだ収縮の治まっていない秘口にそれを押し入れた。

「ぐ！」

新たなエクスタシーが、敏感になっている裕美の体内をまた突き抜けていった。

第五章　母娘奴隷

1

「生徒が売春？　そんなわけないでしょう。まさか……しかし」

緑が丘女子高校の理事長、緑沢孝文《みどりさわたかふみ》の動揺した声が受話器の向こうから聞こえてきた。

「私の経営しているラブホテルなんですよ。各建物についている車庫に車を入れて、そのまま誰にも会わずに部屋を使えるんです。そして、出るときも人に会わずに金を払えます。そのとき、助手席におたくの制服を着た生徒が座っているのを、従業員が何度か見たと言ってるんです」

万一のことを考え、受話器にハンカチをかぶせて喋っている大石は、慌てている理事長の顔を見てみたいと思った。

「そんなはずは……」

「金儲けとはいえ、高校生が頻繁に出入りしていると世間に知れれば、経営者としても困るんですよ。夏休みごろから現われるようになって、今は土曜日によく現われるそうです。確かめてみることですね。人にまかせっきりで、私が直接詰めてるわけじゃありませんから、あなたのことは係の者に言っておきます。現場で確かめてみてください」

　動揺しているものの半信半疑にちがいない理事長の、自分の目で生徒を確認したときの様子を想像すると、そのあとが楽しみだった。


　五十三歳になる緑沢孝文は、評判のいいお嬢さま学校の理事長らしく、いかにも温厚な知識人といった感じの小柄な紳士だ。まだ髪はふさふさとして白髪も少なく、年より若干若く見える。

　ラブホテルなどといういかがわしいところに出入りしたことはなく、今の妻と結婚する前につき合っていた女性と躰を重ねたのは、都内の一流ホテルだった。

　その女性とは別れることになったが、彼の知っている女性といえば、その女と、大学生のときにつき合った女性と今の妻の三人だけだ。

　生徒売春の真偽を確かめるために電話の主が言っていたラブホテルを訪れたとはいえ、万一、こんないかがわしいところに入るのを知り合いにでも見られたら学校の信用は台無しだと、理事長は落ち着きがなかった。

「土曜日だからきょうも来てますよ。学校が終わるとまっすぐに来るんでしょうか。可愛い顔をして、まさかと思うような子なんですが」

すでに六年もここに勤めている六十なかばの宮部《みやべ》は、大石に言い含められているとおりに喋っていた。

「勘ですけどね、おかしいカップルだと思ったら、なかを覗くことにしてるんです。ときどき犯罪があるでしょう。それで、利用している人には秘密ですが、ちゃんと一カ所、覗き穴が設けてあるんですよ」

本当は大石の趣味で覗けるようにしてあるのだが、宮部も勤めはじめたころは面白くてよく覗いた。しかし、今では食傷ぎみになってしまい、よほど面白そうなカップルでなければ覗くことはなくなった。

どの建物も覗けるのではなく、ＳＭの部屋二戸と、彼の詰めている料金所に隣り合っている一戸の計三戸だけだ。

理事長の誠実さはわかっているので、ＳＭの部屋では刺激が強すぎるだろうと、大石は普通の部屋の方を選び、紫織と裕美を伴っていた。

その建物についている半畳ほどの小さな部屋は、ほかの建物に出入りする客から見えないように死角になっている。

「どうぞ、ここから確かめてみてください」

宮部はできるだけ抑揚のない口調で言った。

「私は料金所にいないとまずいので、おひとりでご覧になってください。あとでまた来ますから、それまでここを出ないようにしてください。いつ客と会わないとも限りませんから」

宮部は覗き穴などと言っていたので、それとわかる穴から見るものとばかり思っていたが、何と、幅六十センチ、縦五十センチばかりのガラス窓から部屋のなかが全部見渡せる。

裸の五十男とふたりの若い女がソファーに座っていた。

こちらで覗いているのが向こうから丸見えになっているのではないかと、彼は思わずしゃがみこんで頭を隠した。最近やや高くなっている血圧が不安になるほど心臓が騒いでいた。なかなか鼓動は治まらなかったが、マジックミラーというものかもしれないと、やがて理事長は恐る恐る立ち上がった。

もしマジックミラーなら、向こうでは洗面所についている鏡ということになっているらしい。その向こうに、ソファーとテーブル、ベッドの置いてある部屋がある。

高校生らしい若い方の少女は美形だ。見覚えがあるような気がする。だが、全裸なので、制服のときの感じが今ひとつつかめない。

それでも、裸の三人がいる横の壁にハンガーに掛けて吊るされているのは、まちがいなく自分の学校のものとわかる緑のラインの入った冬のセーラー服だ。衣替えで半袖から長袖になってまだ半月足らずだ。

(そんな……どうして?)

理事長は事実を否定できず、愕然とするしかなかった。

備えつけのクロゼットではなく、覗き穴からよく見えるところにわざわざ吊るさせたのは大石だ。自分の学校の理事長から覗かれるとは知らず、紫織はさして疑問にも思わなかった。

ふたりの女を前にしている大石は、彼だけにわかる合図のクラクションを忠実な使用人の宮部が送ってくれたことで、理事長が覗きはじめたことを知り、脱いだ背広から財布を出した。

「紫織、いくらあるか数えてみてくれ」

無造作に引き抜いた一万円札を差し出した。

紫織はすぐに一枚、二枚と数えはじめ、「十五万円」と言った。

「ここの支払いは二万円で足りるかな」

二枚引き抜き、無造作に紫織の前に置いた。このラブホテルをすでに何回か使っているが、自分のものだということはふたりには言っていない。

財布からお金を出したのは理事長に売春行為をやっていると思わせるための芝居だった。

覗いている理事長は、大石の企みどおり、お金が動くのを見て紫織に渡される金だと思ってしまった。

（何てことだ。こんなことが世間に知れたら……）

胃が痛くなった。

可愛い顔の少女だ。全校生徒たちのなかでも飛び抜けて愛らしい部類に入るだろう。だから、一年生とはいえ、いつしか顔を覚えてしまった生徒にちがいない。

（しかし、まさか……そんな……）

理事長は事実が受け入れられず、内心、同じ言葉を繰り返していた。

大石は脚を広げると、紫織にフェラチオを命じた。

ひざまずいた紫織は、一寿に劣らぬ太い肉竿を素直に口に入れた。

伯父だけでなくこの男からも犯され、裕美とはレズを強要され、何度も女同士で愛する羽目になった。写真も撮られているし、いまさら抵抗してもむだだとわかっている。

何も知らない愛する母のため、紫織は今では伯父だけでなく、この男の自由にもならなければならないのだと、哀しすぎる決意をしていた。

まずは喉につかえるほど深く肉茎を咥えこみ、二、三度頭を動かして舌で側面をまんべんなく舐めた。男が感じるところだと教えられた肉傘の裏や鈴口も舌先でチロチロと舐めまわした。

そして、また深く咥えこみ、頬をへこませて全体を吸い上げながら、亀頭に向かって唇を動かしていった。そうしながら、まだまだ不器用にしか動かせないが、皺袋を両手で揉みしだいた。

「ちゃんとやれば少しずつうまくなるんだ。モミモミもこないだよりうまくなったぞ。そうやって素直に言うことを聞けば、痛い折檻はしないんだ。もっと音をたててやってみろ」

できるだけ音はさせたくないが、そういうわけにはいかなかった。恥ずかしいと思いながらも、口にたまっている唾液や、肉茎を吸い上げるときに唇の狭間から空気を少し吸いこむことで、ズブズブッ、バフッと破廉恥な音がした。

「よし、いいぞ」

理事長にこの卑猥な音が聞こえないのは残念だと、大石はマジックミラーの向こうで息をひそめているだろう男を思った。

三つ編みのいかにもうぶな感じの生徒が裸で男の剛直を咥え、頭を動かしている破廉恥極まりない姿に、理事長はますます唖然《あぜん》とし、マジックミラーを突き破って紫織を連れ出したい衝動に駆られた。

「裕美、ぼっとしてないで、四つん這いになってこっちにケツを向けろ」

いつのまにかすっかりM女として飼い慣らされてしまった裕美は、羞恥の視線を床に落とし、すぐに紫織の横で躰を斜めにして大石に尻を向けた。

拡張され、アナルコイタスの可能になっているうしろは、すぼんでいるものの、どこかぽってりとしている。

菊花の中心に向かって菊皺を揉みほぐすと、すぐに裕美は喘ぎ声をあげながら尻を振りたくった。

最初こそアナルを拡張されることを恐がり、なかなか力を抜けなかった裕美だが、今ではワギナより感じるようで、小水のようにたっぷり蜜を溢れさせる。指でいじるのをやめると、もっとと言うように、尻を破廉恥に突き出してくるほどだ。

フェラチオしている紫織だけでも血圧が上がっているというのに、大石にすぼまりをいじられ、尻を突き出してくねくねさせはじめた豊満な裕美に、理事長の躰は水を浴びたように汗でぐっしょりとなった。立っているのがやっとだ。

「紫織、もういい」

舌先で肉茎の側面をまんべんなく舐めまわし、大きな猥褻音も出してしゃぶっていたつもりの紫織は、どこが大石の気に入らなかったのだろうと不安になった。肉茎を出し、どんな仕置をされるのかとびくついた。

コクッと喉を鳴らし、叱られた子供のようにうつむいた。

「ペニスベルトをつけて裕美のケツを犯せ。見ろ、この裕美のいやらしいケツを。ひくひくしていやらしい穴だ。ウンチをひり出すのを忘れて、入れてもらうことだけを考えているさもしいケツだ」

菊蕾を揉みしだいていた指を離し、思いきり強いスパンキングを与えた。

「痛っ！」

いきなり打擲された裕美の躰は、前のめりに倒れた。

「裕美、ケツを犯されたいんだな」

「は、はい……」

「はいだと？　このごろ、やけに図々しくなったな。まあ、いい。鞭で仕置してやりたいところだが、きょうは特別に許してやろう」

紫織は黒いペニスのついたベルトを、羞恥に頰を染めながら腰につけた。

理事長は、いかがわしいものを腰につけた紫織に仰天していた。そんなものが存在するだけで驚きだった。

「裕美、おまえのケツを犯してくれるオモチャを自分で舐めろ。上手にフェラチオしてみせろ」

反り返った男形を恥丘からニョッキリ生やした紫織は、何度つけても慣れることができない恥ずかしいベルトに熱くなりながら、裕美の前に立った。

ひざまずいた裕美は、男のものを愛するように黒いペニスをぱっくり口に含み、顔を前後させてしゃぶった。頭が動くたびに大きな乳房がタップタップと揺れた。

異物を腰につけただけだというのに、まるでペニスが実際に生え、舐めまわされているような感じになるのは不思議だ。これまでも紫織はベルトをつけて裕美を犯したことはあるが、その行為の最中より、こうやって裕美にペニスをフェラチオされているときの方が、自分の躰の一部になったように感じる。そして、ペニスの先がムズムズしてくるような感覚さえ覚える。

「あん……」

紫織はペニスを舐められながら女の喘ぎを洩らした。

「バカ。妙な声を出すな」

大石が笑った。紫織は無意識のうちに出てしまった声に顔を紅潮させた。

理事長は混乱していた。女の紫織が男のペニスを模したものを腰につけただけで仰天しているというのに、それを別の女が舐めている。彼にとってはアブノーマルの最たるものに映った。

（あんな可愛い顔をした生徒が、女同士でいったい何のつもりだ。どうしてあんなものを真剣に舐めまわしているんだ……）

ふたりの頭がおかしいとしか思えない。自分の頭もおかしくなりそうだ。

「よし、もういい。裕美はケツを出して犬になれ。紫織はうまく突けよ。へっぴり腰でやったら、おまえのケツをきょうのうちに最後まで調教してしまうからな」

紫織は緊張に喉を鳴らした。

まだ紫織のアヌスは拡張途中だ。なかなか可愛いすぼまりで、ずいぶん時間がかかっている。時間がかかるほど、途中の拡張は楽しい。

四つん這いになった裕美が、紫織に尻を向けて突き出した。

紫織はこれまでのように、クリームを掬って裕美のひくひくしている菊皺に塗りこめた。そんなことをしている自分の指先を見るだけでも恥ずかしかったが、そうしないと挿入のときに傷つけるかもしれない。

「クリームを塗るのもうまくなったな。ずいぶんいやらしくなったじゃないか」

大石の声に、紫織の指の動きが小さくなった。

「あぁん、冷たァい……ああ……」

鼻にかかった裕美の声は、すでに紫織の抽送を期待している声だ。

クリームをたっぷり塗りこめた紫織は、ペニスの先をすぼまりの中心につけた。裕美の尻はそれを受け入れたいと、さらに卑猥に持ち上がった。

裕美の腰を左手でつかんだ紫織は、右手で疑似ペニスの根元をつかみ、菊芯からずれないようにゆっくりと沈めていった。

「んんん……くうっ……」

裕美の背が徐々に反り返ってきた。口をうっすらとあけて首を反らせている。躰を支えた腕をぐっと突っ張って、新しく覚えた快楽に、すでに心のエクスタシーを感じているようだ。

紫織も妖しい気分になっていた。いつも一寿や大石から貫かれる自分が、ペニスベルトをつけると、こうして女を貫くことができるようになるのだ。淫らで恥ずかしい行為だが、興奮する行為でもあった。

根元までペニスを沈めるとゆっくりと抜き差しをはじめたが、なかなかスムーズにいかない。

出し入れするたびにペニスの挿入で伸びきった菊皺の部分が、もっこり盛り上がってはくぼむ。

腰を動かしながら菊芯の凹凸を見ていると、いつも紫織の秘芯はじっとりと潤ってくる。そんな破廉恥なことをしながら濡れる自分を、一寿や大石に知られてしまった。ひどく恥ずかしいことだった。

「とまれ。じっとしてろよ。動くなよ」

ニヤニヤしている大石に、紫織はかっと汗ばんだ。

「あ……」

思ったとおり、大石の手はうしろから太腿の間にもぐりこみ、紫織の女芯にふれた。そして、秘口にまで指が押し入ってきた。

「いや……」

腰が動くのを堪えなければならない。動かせば裕美のすぼまりを、挿入しているペニスで傷つけるかもしれない。

「あはァ……いや……」

足指を曲げて床を押した。

「ヌルヌルをいっぱい出して、そんなに裕美のケツにマラを押しこむのが好きなのか。スケベな女子高生だ。それとも、紫織も早く太いものが欲しいのか」

秘芯に指を一本入れ、ほかの指で花びらやら肉のマメをいじくりまわす大石に、紫織は早くもイキそうになってブルブルッと太腿を硬直させた。

「どうした。裕美のケツを突かんのか」

「指、いや……やめて……」

裕美を突く余裕はなかった。感じる部分をいじられながら出し入れしては、いつ裕美の腸壁を傷つけるかもしれない。根元まで入れた状態でじっとしているしかなかった。

「そのまま動くな。おまえのオマ×コに本物のペニスを入れてやるからな」

理事長に見られていることを意識している大石は、すでに反り返っている自慢の逸物を、これ見よがしにさらにしごきたてた。

それから、裕美の菊花を貫いたまま繋がっている紫織とさらに繋がるため、ぬめついている熱い女壺に太い剛棒を突き立てた。

「あぁう……」

肉のヒダを押し広げながらいっぱいに入りこんできた肉杭を、痛みではなく快感に近い感触で受け入れた紫織は、男と女のふたつの性を持ってしまったような気がした。そんな妖しく淫らな自分に酔い、悪魔に見入られたような不思議な気持ちになった。

今なら、どんなことでも受け入れられる。いつものように、どこか心の片隅で一寿と大石を、そして、裕美さえも拒絶している自分が紫織のなかで消えていた。

「ちゃんと裕美と繋がってるか。もう二、三人いれば丸く円になって繋がることができるかもしれんな」

大石の下卑た笑いが広がった。

理事長は倒れそうになった。

紫織が疑似ペニスで裕美のアヌスを突き、そんな紫織を大石が貫いた。いま三人は繋がっているのだ。

(何ということだ……)

生徒が売春していると言われて衝撃が走ったとき以上に、目の前の三人の姿は衝撃だった。足の力が抜けていった。

2

「嘘です！　そんな！　紫織がそんな！」

クラスメートの家に泊まると言い、土曜になると月に二回ほど外泊するようになっている紫織が男に身を売っていたと聞き、深雪は崩れ落ちんばかりに取り乱していた。

一寿や大石に弄ばれている自分を娘には知られたくないと、深雪はできるだけ紫織との密接な親子関係を避けようとしてきた。外泊すると言われれば、それを疑う前にほっとした。ひとりでいるときは肩の力を抜くことができた。そうやって紫織を避けている間に、いつしか恐ろしい非行に走ってしまったというのだろうか。

「私が紫織の保証人になったとき、何かあればおまえより、まず私にと言っておいたから、理事長からじきじきに連絡が入った」

「何かのまちがいです」

「ある筋から連絡が入って、現場を確かめたそうだ。とうてい口にできるようなことじゃないと言われた。売春というより、誰かと愛人契約しているのかもしれんな」

「そんな……私が理事長に確かめてみます。きっとまちがいです」

今にも理事長のもとへ飛んで行きそうな深雪を、一寿は引き寄せた。

「いまさら確かめるまでもないんだ。だが、私の言葉を信じられないというのなら、まずは紫織が泊まっているという友だちの家に電話してみろ」

「昨夜電話がありました。そのお友だちとも電話を代わって話しましたわ。お母さまをひとりにしてしまってすみませんと、その子、やさしく言ってくれましたわ。向こうから電話をいただきました」

そう言いながらも、番号をプッシュするとき、深雪の指先は震えていた。

電話が繋がると、紫織はいないと言われ、昨夜の友だちの声ともちがうのがわかり、深雪はがっくりと肩を落とした。

「みろ、おまえは親バカらしいな。紫織の居場所は理事長から聞いてある。信用のおける知り合いに、穏便に連れ戻してきてほしいと頼んである。相手の男と少しゴタゴタがあるかもしれんが、きょう中には連れ戻す」

昨夜電話を代わった友だちというのは裕美だ。かつて、裕美と深雪をいっしょにいたぶろうと思ったこともあったが、紫織とのプレイのときだけ呼ぶようにしておいたのは正解だった。

一寿はこれからが大切な勝負だと思った。

「このままだと紫織の退学はまちがいなしだ。退学して別の高校に移っても、どこからか噂が広がって居辛くなるだろう。ここは理事長に何とか頼んで、八方うまく収まるようにするしかない」

聞いているのかいないのか、深雪は遠くを見るような目をしていたが、その目が潤み、目尻に涙が伝っていった。

「紫織はきっと、あなたと私のことを知ってしまったんです。だから自棄《やけ》になってそんな恐ろしいことを……ああ、私は何ということを……」

深雪は顔を覆って肩先を大きく震わせた。

「ふたりの関係は知られていないはずだ。ともかく、私の言うとおりにしろ。紫織の一生をここで台無しにしないためには、命を賭けるくらいの覚悟はしろよ」

言われるまでもない。もし、万にひとつでも紫織が退学にならない方法があるとしたら、深雪はどんなことでもするつもりだった。だが、一寿の話した計画とは、謀略と言うにふさわしく、深雪は首を振った。

「私だけでなく、大石にも抱かれているおまえじゃないか。それもアブノーマルにな。いまさら理事長に抱かれるのはいやだとは言えまい。可愛い紫織の将来がかかっているんだぞ。おまえのその躰にすべてがな」

理事長から連絡が入り、ことのしだいを聞かされたあと、一寿はすぐに理事長との話し合いの場を用意したという。その約束の時間には、まだ三時間ほどあった。

過ちを犯した紫織を救えるのなら、堕《お》ちるところまで堕ちた身を犠牲にすることを厭《いと》うわけにはいかない。深雪は一寿の策略を脳裏に刻みこんだ。

そして、一寿に指示されるまま、久しぶりに着物を出した。黒褐色の結城紬《ゆうきつむぎ》で、小さな花柄が少なめに入ったおとなしい着物だ。帯も渋い臙脂《えんじ》色を主とした地味な名古屋帯を選んだ。

亡くなった孝は和服の深雪が好きだった。孝がいなくなってしばらくは、よく着物を着たものだが、着物にまつわる孝との思い出が多すぎて、哀しみは深まるばかりだった。それで、一周忌が近づくころから意識して着なくなった。

一周忌が過ぎてしばらくして、義兄の一寿にむりやり抱かれてしまい、なおさら、汚れた躰を孝の好きだった着物でつつむのははばかられるようになった。

ほぼ一年ぶりに着る着物は紫織の将来のためとはいえ、さらに身を汚すために着る衣装だった。

きっちり着こなした深雪の着物姿に、一寿は、ほう、と目を見張った。

洋服の深雪は、それでも十分に男心をくすぐっていたが、目の前の姿は比べものにならないほど艶《あで》やかだ。もしもクラブでもまかせてママにすれば、黙って座っているだけで男は満足するのではないか。それほど深雪は気品に満ち、一寿は贅沢な気分に浸ることができた。

「これから私の前では着物にしろ。似合うとわかっていてわざと着なかったな」

「お仕事をしているのに、会社に着物で行くわけには参りません……」

「休みの日も洋服ばかりだったじゃないか。まあいい。この次からは言われたら着物にしろ。仕上げに、美容院で髪を上げてこい」

こんなに気持ちが沈み、不安なときにと思ったが、まだ時間があり、やむなく深雪は部屋を出た。

大きな自然石を積み、その上に高い白塀を巡らせた屋敷はどこか秘密めいており、一見《いちげん》は入れそうにない料亭だ。

一寿の車で送られ、くぐり戸つきのがっしりした門扉を入ると、砂利が敷かれ、延べ石や飛び石が、あるリズムをもって敷かれていた。

「先方さまは先にお着きでございます」

鬱金《うこん》色の十日町紬らしい着物を着た女は、一寿とは顔見知りらしく、すぐにそう言った。

「この女を客のところに案内してやってくれ。私の出番はあとだ」

美容院で髪を上げ、ますます匂うような女に変身した深雪を見やる一寿は、このまま先に抱きたいと思うほどそそられていた。

「では、奥さま、さ、どうぞ」

深雪はひとりでこれから理事長に会うことが不安だった。すでに策略を知っているはずの女にもいたたまれなかった。

「うまくやれよ。娘がだめになるかどうかの瀬戸際だ。理事長さえ自由になれば、紫織はあとでどうにでもなる」

紫織のバージンを奪って自由にしている相手が誰かを知ったとき、深雪はどんな顔をするだろう。そして、同じ相手に母親をもてあそばれていたと知ったときの紫織は……。

今夜か明日には親子で真実を知ることになるだろう。そう思うと、一寿はこれから先のことが、これまで以上に楽しみだった。

深雪は長い廊下を突き当たった右手の離れに案内された。

八畳の部屋に、紫織の入学式に出たとき見知った理事長が座っていた。目が合うなり、深雪は自分が咎人であるようにすぐに視線をそらした。

理事長は愛らしい紫織に似た美形の、あまりに上品な和服の女に息をのんだ。もしかして、紫織の行動は母親にも責任があるのではないかと思っていたが、とうていそんな女には思えない。

「簡単なものとお酒だけ用意させていただきました。あとはごゆっくりなさってください。誰もこの離れには近づかないように申してありますから。ご用のときはそこを押していただければすぐに私が参ります」

女はすぐに出て行った。

肌に痛いほどの沈黙が訪れた。

竹鶴首の花入れが、畳敷きで漆塗りの床框《とこがまち》の床の間に置かれ、野菊とワレモコウがさりげなく活けてある。掛軸は山水。しぼり丸太のすっきりした床の間だ。

艶消しの漆の座卓に向かい合って座った深雪は、一寿に言われたことを思い出していたが、躰が動かなかった。

「わが校はじまって以来の不祥事です。こんなことが誰かに知られでもしたら、先代からの名誉ある高校もおしまいです」

緑沢はついに口をひらいた。あまりに気品のある女なので、こんなことを言わねばならないことが憂欝で息苦しかった。

「娘はやさしくていい子です。娘が本当に……本当に義兄が言っていたような恐ろしいことを……不純なことをしていたのですか。娘に限ってそんな」

紫織が躰を売っていたと言われて頭がいっぱいだったが、ここにきて、また、そんなはずはないと思った。

ラブホテルを経営している男から電話があり、そこに行き、自分の目ではっきりと確かめてきたと言った理事長に、深雪はわずかな希望も捨て去り、がっくりと肩を落とした。

（なぜ紫織が？　きのう家を出るときだって、そんなそぶりはなかったわ。これまでだって一度も……）

それだけに、よけい母としての動揺は大きい。深雪は目を伏せて黙りこんだ。

「不謹慎なことをして退学した者などいない学校でした。残念です。しかし、このままうちの生徒としてお預かりするわけには参りません。あまりにも……」

理事長はフェラチオしていた紫織や、いかがわしいベルトをつけて年上の女を突いていた紫織、向背位で男に貫かれていた紫織を思い出し、またも心が乱れた。

「今度のことを知って、まだ娘には何も聞いていません……つい二、三時間前に知ったばかりなんです。それに、娘はまだ帰宅しておりませんでしたから。でも、わけを聞けば……何か弱味でも握られて……いえ、脅されて……」

自分と義兄とが深い関係になっていることを、もしかすると会社の誰かに知られており、それを妬んだり不愉快に思う者が紫織を脅しているのかもしれなかった。

「きっと、むりやり……ええ、そうに決まっています。どうか当人にわけを聞いてやってください。それから」

「そうお思いになりたいお気持ちはわかりますが、あまりに異常な、目を覆いたくなる情景を見てしまった今、母親であるあなたとお会いするのもはばかられるほどです。身元保証人の門脇一寿氏との間で何もかも終わらせたかったぐらいです。けれど、どうしてもと言われ、迎えの車までよこされて」

執拗だった一寿の申し出を断れずに返事し、彼の秘書という男が運転してきた車に乗ってしまったが、妙なところに来てしまったと居心地が悪い。一時も早く緑沢はここを出たかった。

「私、おかしくなりそうです……いつもはいただかないんですが、少しお酒をいただいてよろしいでしょうか。夫を亡くして辛い日が続いて、まだその哀しみも癒えていないというのに、ひとり娘がこんなことになってしまって……いっそ、いっそ死んだ方がましです。生きているだけ惨めです」

死を口にした思いつめた深雪の様子に、理事長は不安を感じた。ただでさえ支えてやりたいようなか弱い感じの女だ。娘がこんな不祥事を起こしたとあっては、本当に死を選んでしまうのかもしれない。

「お酒、いただいてもかまいません？」

仕立てのいい背広に身をつつんだ理事長は、紫織のこととは別に、新たな問題を抱え、どうしたらいいかと頭を悩ませた。だが、まずは三本置いてある徳利《とつくり》のなかで、もっとも自分の近くにある一本を取った。

深雪が盃《さかずき》を差し出した。主婦とは思えないほっそりした白い指先に目が吸い寄せられた。深雪が美しければ美しいほど今回のことは痛々しい。

深雪は注がれた酒を一気に空けた。このまま話していても理事長の気が変わるとは思えない。それなら、一寿から言い含められたことを実行に移すしか紫織を救う手はない。

「理事長さんもお呑みになってください。娘が申し訳ないことを。もうお会いすることもないかもしれませんわね。どうか、哀れな母親に、少しおつき合いください」

深雪は席を立ち、理事長の横に座った。

化粧とも匂い袋ともつかない甘やかな匂いが深雪の胸もとあたりから漂ってくる。向かい合って座っているときにはさほど感じなかった濃密な女の匂いに、理事長は面食らった。

「どうか、少しだけおつき合いいただけませんか」

「いや、私は……」

「汚らわしい娘の母親とはお呑みになれませんのね」

「そうではなく……」

「一時間ほどしたら、理事長さんをお送りする車が用意されるはずですわ。それまで、少しでも」

盃を渡され、理事長は深雪の酌を受けた。

「娘の将来はもうおしまいですわね。そして、私の人生も」

深雪は理事長の倍のピッチで盃を空けた。

「奥さん、そんなに呑んでは……」

「理事長さんはお幸せですね。奥様といっしょに幸せにお暮らしなんでしょうね。それに比べ、私はわずか三十三歳で未亡人になり、果ては娘の今回のことですもの。こんなに辛い人生になるとは思ってもおりませんでした。さあ、理事長さんもお空けになって」

理事長から注がれる徳利の酒は水で薄めてあった。そして、深雪が理事長に注ぐ別の徳利には睡眠薬が混ぜられているはずだ。

大きい徳利の方は注がれるため、それより小振りの方は理事長に呑ませるためと、一寿に繰り返し念を押されていた。それが不自然にならないように、最初から理事長の近くに大きい徳利が、深雪の近くに小振りの方が置かれていた。

席を立って理事長の横に座ってからも、決して小振りの徳利は理事長が手にしないように、彼の手の届かない場所に置くように気をつけていた。

「申し訳ありません。本当に申し訳ありません」

紫織のことだけでなく、理事長を陥れることに対する深雪の詫びだった。

うっすら瞼や頬を染めた深雪のえもいわれぬ煽情的な姿に、理事長は息苦しくなった。こんな離れにふたりきりだということも落ち着かなかった。

「足を崩してよろしいかしら。何だか苦しくなってきました」

横座りした深雪の着物の裾が乱れ、黒褐色の紬と対照的な真っ白い長襦袢《ながじゅばん》がちらりと見えた。

緑沢は慌てて目をそらした。

「さ、どうぞ、理事長さん」

徳利を傾けようとする深雪に、彼はますます苦しくなった。

「もうけっこうです。奥さんもおやめになった方がいい」

「娘のことを考えると、いつもは呑まない私でも、呑まずにはいられないんです。さあ、どうぞ」

「いえ、もう……」

「この徳利だけでも空けてください。どうぞ。こんなに小さな徳利ですわ」

理事長はやむなく盃を空けて差し出したが、深雪に対する同情や、何か妖しげな思いがつのってきた。

紫織の退学は撤回してやろうか。そんな思いさえちらっと浮かんでくる。だが、目の前の深雪だけを見ているとそう思えても、ラブホテルでの紫織の姿を浮かべると、退学以外にないのだと、たちまち気持ちがもとに戻る。

「夫がいれば娘はこんなことには……夫は公立高校の教師でしたの。夫さえ生きていてくれたら、きっとこんなことには……」

少なくとも、自分の身が一寿の自由になることはなかっただろうと思うと、深雪は哀しみに目頭を熱くした。

「辛いですわ」

薄めてある酒とはいえ、大きめの徳利を一本空けてしまい、ほとんどアルコールを口にしない深雪は酔っていた。

「辛いんです」

自分も哀れなら、十五歳で男を知ってしまったらしい紫織も、陥穽《かんせい》に落ちようとしている理事長も哀れだった。

深雪は鼻をすすりながら、理事長の胸に顔を埋めて泣いた。

「奥さん……」

噎《む》せるような女の妖しさに、女遊びをしない理事長は戸惑いを隠せなかった。鼓動が高なり、それが顔を埋《うず》めている深雪に聞こえていると思うと、なおさら脈は乱れた。股間さえ熱い。ますます慌てた。

しかし、少し眠くなってきた。酒のせいだろうか。

「奥さん……」

深雪を引き離そうとしているといちだんと眠くなってきた。深雪が胸のなかで泣いている……。

理事長の寝息に、深雪はほっとすると同時に罪の意識に苛まれた。

一寿が、秘書の桂木とともにやってきた。

「よし、よくやったな。しばらく理事長は目を覚まさないはずだ」

理事長をそのままにし、一寿は隣室に酔いはじめている深雪を誘った。

襖を隔てたその部屋には、いかにも獣の血を呼び覚まさせるための真っ赤な掛布団のかかった床が延べられていた。

秘書の桂木も一寿に命じられるままついてきた。

表情のない痩せて不気味な桂木は、一寿と深雪の関係を知ってからも会社でその態度は変わらなかったし、能面のような顔も以前と同じだった。だが、深雪はだからこそ、桂木が苦手だった。

「深雪、きょうのおまえは最高にイイ女だ。着物もいいし、酔った目もいい。もしかして理事長に惚れたんじゃないのか」

ふふと笑った一寿はうしろから深雪を抱き、身八つ口から手を入れ、乳房を探った。

「やめてください……あの人が……」

桂木がそばにいることで、深雪は一気に酔いが醒めそうだった。

「これから桂木におまえを抱いてもらう」

はっとした深雪は振り返って、唇をゆるめている一寿を見つめた。

「おまえを犯した理事長の精液はO型でないとまずいということさ。理事長の血液型がO型だということは調べてある。桂木もO型だ。私はA型、大石はB型だし、桂木に抱かせることにした。万が一のことを考えてだ。理事長がぐずったら警察にということになるかもしれん。いざとなれば、女将《おかみ》も私も桂木もおまえも、みんな理事長の敵にまわるわけで、精液を調べておかしくなければこっちのものさ」

何の懸念も抱いていない一寿を、深雪は恐い男だと思った。

「桂木、いつまで服を着てるつもりだ」

軽く頭を下げた桂木が、隅で服を脱ぎだした。深雪は全身でいやいやをした。いくら一寿の言いつけとはいえ、能面のような桂木に抱かれることはできない。

「きょう深雪を抱けるとは、おまえも運のいい男だな。これだけ色っぽいからには、私が抱きたいところだ」

「お義兄さまが抱いて、この人はいやです。いやっ！」

乳房をいじりまわしている一寿の腕を、深雪はぎゅっと握った。

「私の命令が絶対だということはとうに躰で覚えたはずじゃなかったのか」

一寿は身八つ口から手を出すと、裸になった桂木に深雪を押しやった。

「こいつにたっぷり精液を注ぎこんでやれ」

「お義兄さま、許して！　いや！」

あとじさろうとするのを、一寿が羽交い締めにした。

「そうそう悠長にもしていられないぞ」

「お義兄さま、堪忍して！　後生です」

裾が乱れるのもかまわず、深雪は背中の一寿の羽交い締めから逃れ、前から迫ってくる桂木からも逃げようともがいた。もがけばもがくほど、ふたりの男の獣欲を昂ぶらせることに気づかなかった。

帯締めが解かれ、お太鼓が落ち、ふたりがかりで帯を解かれ、結城の着物だけが脱がされた。長襦袢はそのままだったが、腰紐で深雪の手首がくくられ、ひとつになった。

「いやいや！　ぐ……」

帯揚げで猿轡《さるぐつわ》をされ、仰向けにされると、ひとつになった手は柱に拘束された。

「ぐぐぐ……」

深雪は激しく首を振りたくった。その哀しい視線を無視し、一寿は、犯《や》れ、というように、桂木に顎をしゃくった。

長襦袢と湯文字をまくりあげた桂木は、すっかり剃り落とされている翳りのない女園を見つめた。ぱっくり割れた肉貝は、ピンクの粘膜を晒してぬめ輝いている。一寿にハードに弄ばれているのが信じられないほどきれいな性器だ。

桂木は絹のような白い脚を割って躰を入れた。

人の字になった深雪は頭を上げて首を振り続けた。痩せた桂木の躰から突き出ているとは思えぬ逞しい肉茎が目に入ると、どっと汗が噴き出した。

両手を柱にくくりつけられていては、尻を振るしか肉杭から逃れる手だてはない。脚の間に躰を入れられてしまっては、蹴るわけにもいかなかった。

尻を振るだけ上半身もくねり、猿轡の帯揚げに唾液の染みが広がっていった。バンザイをしているため長襦袢の袖がたくしあげられ、二の腕まで晒されている。男心をそそる姿だ。

計画上、この深雪は桂木に抱かせなければならないとわかっている一寿だったが、剛棒は痛いほど持ち上がっていた。

「猿轡を取ってやるから口でイカせろ。そうすれば桂木のことは考え直してやってもいいぞ」

深雪が大きく頷いた。

一寿は桂木だけにわかる目配せをしていったん退かせると、深雪の顔を跨いだ。

深雪はすぐさま剛直に唇と舌を張りつかせた。何度となく教えこまれたフェラチオだ。今では唇や舌の使い方もうまくなっていた。

しかし、腕を拘束されたうえに、下からでは思うように頭を動かせない。一寿が腰を浮き沈みさせはじめた。深雪は舌を吸いつかせ、側面を舐めまわし、一寿の意に沿うように必死に肉茎を愛撫した。

「うむ……いいぞ。下の口にズブッと入れたいところだがな。うぅむ……よし」

一寿の動きが早々に速くなった。いつものプレイのようにはゆっくりしていられない。それでも、そう簡単に気をやる一寿ではなかった。

ラストスパートの抽送に入ると、唇が擦れるほど乱暴で速く、もはや深雪に舌を使う余裕はなかった。

「む……イクぞ……呑めよ……うっ！」

喉に向かってザーメンがほとばしった。

「あぐ……」

噎せそうになり、深雪は息をとめた。肉茎が抜かれた。口にたまっている精液を、深雪はゴクリと飲みこんだ。

最近、ようやく一滴残らず飲めるようになったが、生臭さはまだ好きになれない。できるなら、口をゆすいでこのおぞましい臭いを消し去りたかった。

ふうっと気をやったあとの満足と疲れを伴った息を吐いた一寿は、待たせたな、と桂木に言った。

深雪は一寿に騙されたことを知って荒い息を吐いた。

「深雪、有能な秘書へのボーナスのつもりで、いい声を出してやれ。私は理事長が目を覚まさないうちに服を剝ぎ取っておくことにするからな」

ズボンを穿いた一寿は襖を閉めた。

無表情なまま肉茎を反り返らせている桂木が、ふたたび太腿を割って躰を入れてきた。

「やめて！　お願い……」

柱にくくりつけられている腰紐をギュッと引きながら、深雪は最後の許しを乞うた。

桂木の指が秘芯に触れた。

「あ……」

濡れていないのがわかると桂木は太腿を押し広げ、女芯に顔を埋めた。

汗と、女特有のどこか饐《す》えたような淫靡な獣の匂いが鼻腔に広がった。桂木はその妖しい匂いを肺いっぱい吸いこむと、肉マンジュウをくつろげ、肉のマメを包皮ごと口に入れ吸い上げた。

「ああっ」

腰が跳ねた。ようやく蜜が溢れた。口のなかで肉のマメがわずかに成長したようだった。

花びらや肉の溝をいちおう舐め上げたが、ゆっくり味わっている余裕がないことはわかっている。一寿はO型の精液だけを求めているのだ。

雇主に忠実な桂木は、顔を離して躰を起こし、剛棒を女芯につけた。

「許して……」

大石にも渡され、今また社長秘書の桂木にも自由にされるのだと思うと、深雪は深い哀しみに満たされた。

「しないで。お願い……」

口をひらくだけ無意味なことと知りながら、それでも深雪は哀願せずにはいられなかった。

「やめて……」

許しを乞うことで、哀しい女であることの不思議な快感が深雪の体内を駆け抜けていった。

「許して……あう！」

堅い肉棒が柔肉を貫いた。

言葉もない、表情もない男に、くくられて繋がれた躰を犯されることへの哀しみ。しかし、それ以上の妖しい疼きを感じた。

本来持っていたものか、一寿によって植えつけられたものかわからない。けれど、気がつかないうちに、深雪は確実に被虐の悦びを感じる女になっていた。

冷たく見下ろしながら突き、抉《えぐ》る男に、揺れる深雪は涙を流していた。涙と同じように、豊富な蜜液が溢れ、したたり落ちていた。

理事長は目を覚ましてギョッとした。ハンマーで頭を殴られたような酷《ひど》いショックだった。布団の上の自分が何も身につけていないだけではなく、横にいる深雪が乱れた長襦袢姿で眠っている。片方の肩が見え、裾はまくれて太腿まで見えている。

着物や帯、帯揚げなどが畳に散らばっていた。そして、いかにも猥褻な感じの使用済みのティッシュまで何枚か散らばっていた。

「そんな……まさか……」

一瞬にして頭の芯まで醒めきっていた。

深雪と酒を呑んだ。深雪が胸で泣いていた。甘い香りがしていた。そのあたりまでは覚えている。けれど、眠くなったような気がして、あとは覚えていない。

だが、この状況は、深雪を抱いてしまったということだ。しかし、そんなことは何ひとつ記憶にない。

「まさか……そんなはずはない……そんなはずは……」

しかし、なぜ自分は裸になっているのだろう。深雪のこの乱れた姿は……。

目覚めたことを壁の間接照明に仕掛けられたカメラを通して見られているとも知らず、理事長はただおろおろするばかりで、すっかり思考力をなくしていた。

廊下を走ってくる複数の足音がしたが、服を着る暇もなかった。

桂木と一寿が部屋に飛びこんできて襖をあけた。

「社長、言ったとおりでしょう！」

桂木が叫んだ。理事長が面食らっているとき、一寿の手にしたカメラのストロボが光った。

「証拠写真です。これで逃げも隠れもできなくなったでしょう、理事長」

理事長を迎えに来た桂木が、いちおう廊下から声をかけたが返事がない。それでおかしいと思って入ってみたらこんなことになっていた。仰天した桂木はどうしたらいいかわからず、控えの間に引き返した。そこへ、結果を聞きたいと、ちょうど一寿もやってきた。そこで、桂木からことの成り行きを知らされた彼は、女将からカメラを借り、慌ててこの部屋に飛びこんだ。

一寿は早口でそう説明した。

「ま、待ってくれ……」

「何を待てとおっしゃるんです。娘のことを脅しに母親を自由にしたというわけですか」

脱ぎ捨てられている着物を、桂木は深雪への思いやりというように、乱れた長襦袢の上からかけてやった。

「いくら未亡人だからとはいえ、権力を笠に着てこんなところで抱くとは、あなたという人を見損ないましたよ」

「待ってくれ。覚えてないんだ」

そのとき、深雪がようやく目覚めたというぼんやりした顔で身を起こした。そして、あっ、と声を上げて両手で顔を覆った。

桂木に犯され、理事長を陥れるために一寿たちと共謀している深雪は、最初から眠ってなどいなかった。一寿に装われた乱れた姿で横たわり、頃合いを見計らって半身を起こしただけだ。

「どうしてこんなバカなことになったんだ」

一寿は深雪に尋ねた。

「娘の退学を考え直していただけると思って……だから求められたのだと思って……仕方なかったんです。娘のために断ることはできなかったんです。娘がこのまま高校に通えるならと……」

ひとりの男を陥れるための一言一言が、痛みとなって深雪の心に突き刺さった。

「まさか、そんな……覚えていないんだ」

「酒のせいにするつもりですか。それとも最後までしらをきるおつもりですか。知り合いの婦人科の医者に連れて行くことにします。それとも、手っとり早く警察の方がよろしいですか。あなたの汚らわしいザーメンが義妹の躰に残っているはずだ。誰のものか調べてもらえば白黒はっきりするんですよ」

理事長はガックリと肩を落とした。

部屋の状態と深雪の言葉から、酒を呑んで正体をなくし、美しすぎる深雪に手を出してしまったのかもしれないと思うようになっていた。胸のなかで泣いていた深雪をはっきり覚えている。

その前に、酒でうっすら瞼や頬を染めた深雪のえも言われぬ煽情的な姿に彼は息苦しくなったのだ。この離れにふたりきりだということも落ち着かなかった。

横に来て脚を崩した深雪の着物の裾が乱れ、黒褐色の紬と対照的な真っ白い長襦袢がちらりと見えたときは、慌てて目をそらした。

呑みながら深雪は、不祥事を起こした娘の母としての哀しみや苦しみを話した。そのうち彼は、同情や、何か妖しげな思いがつのってくるのを感じていた。

だからこそ、胸に顔を埋めて泣いていた深雪を愛しく思い、ついに自分の立場も忘れ、手を出してしまったのかもしれない。

「どうかこのことは公にしないでほしい。教師たちにも妻にも秘密にしてほしい。そうしていただけるなら、娘さんは責任を持って卒業までお預かりさせていただきます」

「当然だ。あなたがこんなことをしたんだ。生徒だけ責めるわけにはいかないでしょう。しかし、そのことだけで帳消しにしろというのも、あんまり虫がよすぎるんじゃありませんか。まあ、どうするかはこれからゆっくり日にちをかけて話すことにしましょう。証拠写真はしっかりお預かりしておきますよ」

策略に落ちた理事長は桂木の運転する車に乗ったものの、ひとまわり小さくなったような躰で、やつれた顔をしていた。

車が去ると一寿は声をあげて笑った。

「深雪、よくやった。証拠写真さえあれば、そのうち大石の欲しがっている緑が丘女子高校の東側の土地も何とかなるだろう。どうせ建物も建っていない贅沢すぎる土地だ。あいつは土地より名誉を選ぶだろうからな」

「土地？　どういうことですの」

「大石が高校の東側の土地に建物を建てたがっているのさ。そうなればこちらにも大きな仕事が入ってくる。紫織の退学も取り消しになったし、一石二鳥というわけだ。おまえがうまい芝居をしてくれたおかげだ。さて、もうじき紫織もやってくるはずだ。日曜の夜を有意義に過ごそうじゃないか」

肉欲だけでなく、理事長を陥れるための陰謀のために親子で利用されていたと知り、深雪は激しく動揺した。

3

「お母さま！」

白い裸体に赤い縄でいましめを受けている深雪に、紫織は声をあげた。髪を上げ、白い足袋だけ履いている姿から、着物を剝がれたことが想像できた。

ラブホテルから出て裕美は解放されたが、紫織はここまで連れて来られ、別の部屋で裸に剝かれた。肉茎を受け入れることに苦痛も感じなくなり、快感さえ知るようになった紫織は、素直に大石に従っていた。

それが、別の部屋に移るぞと言われ、恥ずかしい姿のまま廊下を歩かされてこの部屋に入ってみると、深雪がいて啞然とした。

なぜ深雪がいるのか、なぜいましめを受けているのか、なぜ一寿が母の傍らにいるのか、紫織にはわからなかった。

深雪とて紫織が来ることを事前に知らされていたものの、一糸まとわぬ姿で現われたことで、あまりのショックに頭のなかのジグソーパズルはばらばらで、組み立てるきっかけも見つからなかった。

それに、長襦袢を剝がれたうえ、うしろ手胸縄のいましめをされたこんな恥ずかしい姿を見られたことは屈辱だった。

せめて着物のうえからいましめを受けたかったと、娘の視線に痛みを感じながら、絞り出されている乳房を隠すこともできずに喘いだ。

膝を崩して座っているため、剃毛されている秘園だけはかろうじて片方の太腿で隠すことができた。だが、半年以上にわたる一寿との秘密の時間を赤いいましめで一瞬にして悟られてしまったようで、狂おしさに総身ががたがたと震えだした。震えていながら、躰は燃えるように熱かった。

「見ないで」

「お母さま！」

棒立ちになっていた紫織は深雪に走り寄ろうとした。

「待て」

大石が紫織の二の腕をつかんだ。

「お母さまを助けて！　どうしてこんなことをするの、伯父さま！」

最初は大石に、次は一寿に向かって叫んだ。

「くくられたおまえのオフクロはきれいだろう。きれいだからくくってやってるのさ。縄化粧と言うくらいだからな」

一寿の言葉に顔をそむけた深雪の顔を、彼はぐいと紫織にねじ向けた。

「いつもこうやってきれいにくくってやっていたんだ。ぼちぼちと紫織にも縛りのよさを教えてやるからな」

「そんな……紫織にまでやめて……」

「女に関しちゃベテランの我々が、一からしっかりと教えてやってるんだ。おまえの躰が縄や鞭で火照るようになったように、おまえの娘もそうなるはずだ」

一寿たちに弄ばれていたことを、いっしょに暮らしている母にも隠し続けていた娘が不憫《ふびん》で、深雪は唇を噛みしめた。

一方、紫織は母のためと思って耐えていたのに騙されていた口惜しさに、大粒の涙をこぼした。

「何をふたりでメソメソしてる。きょうはめでたい日だ。長いこと待ちに待った甲斐《かい》があって、ようやく望んでいたものが手に入りそうなんだ。辛気くさい顔はするな」

大石が唇を歪めた。

「そうだ、パッと景気よく前祝いだ。おまえたちもようやく親子で真実を知ることができたんだ。これからは堂々といっしょにプレイすることができる。もっと嬉しそうな顔をしろ」

酒を口に含んだ一寿は、深雪と唇を合わせ、むりやり口移しで呑ませようとした。

「むぐぐ……」

深雪は首を振って拒んだ。酒が顎から喉、喉から乳房のいましめに向かって流れ落ちていった。

肉奴隷に堕ちることを言い聞かせ、一寿の言うように、確かにアブノーマルな行為で快感を覚えるようになっていた深雪だったが、紫織の前では母を意識せずにはいられなかった。

「そんなにいやならじっとしていろ」

立たせた恰好で一寿は深雪を床柱にくくりつけた。

そのときはじめて紫織は、深雪の下半身の翳りが一本残らず消えていることに気づき、息をのんだ。

紫織の視線の先がどこにあるか気づいた一寿は、ふふと笑うと、深雪のつるつるの肉マンジュウを横から撫でた。

深雪は身をよじったが、もはや隠しようがなかった。それでも娘に見られる屈辱に顔をそむけ、絞られている乳房を大きく喘がせた。

「もう何カ月もオフクロのココはつるつるだったんだ。おまえのうっすらしたオケケを剃るのはもったいないが、きょうは特別だ。あとで剃らせてもらうぞ」

「いや！」

紫織の叫びを聞いた深雪は、自分の前で娘を弄ばれると思うと、背けていた顔を正面に向け、カッと目をひらいた。そして、床柱を倒しそうなほどのあらがいを見せた。

紫織も大石の腕を解こうと全力で抵抗を試みた。だが、引き寄せられた耳元で、おとなしくしないと深雪の乳首や花びらを洗濯バサミで挟むぞと囁《ささや》かれ、ピタリと動きをとめた。そんな残酷な痛みを母に味わせることはできない。

「紫織、オフクロとキスをしろ。愛する母親に愛情を示すのは当然だろう。昔吸ったように、久しぶりにオッパイも吸うんだ」

短い呼吸をしている紫織は、母親より小さいがみずみずしさにしたたりそうな乳房を大きく波打たせた。

深雪は、だめ、と言うように、首を振った。

大石に背中を押された紫織は、汗でほつれ毛を額や首に張りつかせている赤いいましめの痛々しい深雪の前に立った。

「お母さま……」

「紫織……」

あまりにも哀しい対面に、ふたりは目を潤ませた。

「何でもします。だから、お母さまをここから放してあげて。解いてあげて」

いたたまれずに紫織は振り返り、ふたりの男に訴えた。

「言われたとおりにしろ。気に入ったら解いてやる」

とうにふたりの性格はわかっている。哀願して聞き入れてくれる男たちではなかった。

「紫織、許して。何もかもお母さまのせいよ」

実の兄とはいえ孝が快く思っていなかった一寿に、自分の大切な娘の将来を預けようなどと思った浅はかさを深雪は詫びた。小さなアパートでひっそりと母娘で暮らす方を選んでいれば、こんなことにはならなかったはずだった。

「いつまで待たせる気だ」

背後に一寿の苛立った声を聞いた紫織は、深雪の絞られた乳房の中心でつんと立っている自分よりやや濃い、それでもきれいな花を思わせる乳首を震える唇で挟んだ。

「あ……」

あたたかい娘の唇に触れられた瞬間、深雪はびくりと胸を突き出した。紫織の鼓動は恐ろしいほど乱れていた。

「だめ……」

かつて紫織に乳を飲ませるために痛いほど含ませてきた乳首とはいえ、高校生になった娘に触れられるのはタブーでしかなかった。床柱に結わえつけられている躰をずらすようにねじった。

愛しい母の乳首に十四、五年ぶりに触れた紫織は、脅迫されてやらされているのだという精神的な苦痛と深雪への憐憫に、最初はぎこちなく触れていた。だが、恐る恐る触れていると、やさしい突起に唇をくすぐられ、そこからジーンと頭に向かって痺《しび》れていくような感覚につつまれた。

吸い上げては、小さな舌先で突起全体をなぞってみる。乳暈からさらに乳首が立ち上がってきた。

「はあっ、だめよ……ああ、紫織……」

一寿や大石の唇や舌とはちがうやさしすぎる娘からの愛撫に、唯一身につけていることを許されているだけに妖しく淫猥な白い足袋の指先を、深雪はぐっと畳に押しつけて喘いだ。

(お母さま、好き……好きよ。お母さまがどんなに辱められても、紫織はお母さまが好き。こんなに好きよ)

甘やかな汗の匂いが鼻腔に入りこみ、いっそう紫織を昂ぶらせた。熱くなってくる深雪の総身に、紫織の体温も上昇していった。

裕美とはちがう匂い。拘束されているとはいえ、母としての抱擁力を感じさせる躰。自分を生み、育ててくれた愛しい躰に、紫織は背後の男たちを忘れ、唇と舌に意識を集中して愛撫した。

「あああ……だ……め」

娘に愛撫されているというのに昂ぶってくる。乳首から総身に向かってじんじんとしている。女芯に触れられたくて子宮さえ疼いている。恥ずかしいことに、蜜さえ溢れているのがわかる。

足袋にくるまれた爪先をキュッと曲げ、うしろにまわっている手を握りしめ、胸を突き出した姿で、深雪は熱い息をこぼしていた。そして、その視線は、歪んだ笑いを浮かべている男たちをぼんやりと見つめた。

「紫織、オフクロを焦らすのもいいかげんにしろよ。おまえも焦らされると腰を振ってせがむようになっているからわかってるだろうが、焦らされるのは辛いんじゃないか？　深雪の目がとろんとしてるぞ。早く触ってやれ」

深雪とふたりだけの世界に入りこんでいた紫織は、ひととき忘れていた羞恥を甦《よみがえ》らせ、はっとして顔をあげた。

深雪の汗ばんだ顔が息をのむほど艶めかしくなっている。眉間に寄せた皺は苦痛からではなく快感のためだと、男を知った紫織にはわかった。半びらきの濡れた口もとが、そよいでいるようにわずかに震えていた。

「お母さま、好きよ。紫織はどんなことになってもお母さまを愛しているわ」

ひざまずいた紫織は、黒い縁どりを失《な》くして幼女のようになっている深雪の割れた肉を両手でくつろげようとした。

「ああ、だめ……だめよ」

膝をキュッと合わせ、太腿を重ねるようにして秘園を隠そうとする深雪に、

「お母さま、紫織がオクチでいかせてあげるわ」

上を向いた紫織が哀しいほど愛に満ちた視線を向けて言った。

(もうどうしようもないのよ、お母さま。それなら、大好きなお母さまを心ゆくまで愛したいの)

紫織の目がそう言っているようで、深雪は重ねた太腿を離し、唇を軽く噛んだ。ふたりの男がいてはどうしようもないことだ。それでも、濡れた女園を娘に見られるためらいはあった。

親指を陰唇の内側につけた紫織は、やさしくそこをくつろげた。ピンク色の美しい女の器

官が、すでにぬめりで光っている。肉のサヤとそこから顔を出している肉のマメは人の鼻に見え、外唇をくつろげられていることで自然にひらいた花びらは、もの言いたげな唇に見えた。

顔を近づけるとほのかに淫靡な匂いがして、女の紫織さえも妖しい気持ちになった。

(ここから私は生まれたのね)

そう思ってみるものの、あまりにこぢんまりと整った美しい花園だけに生殖器というイメージを持つことができず、女の躰のなかでもっとも美しい神聖で敏感な部分としか思えなかった。

「伯父さま、お母さまを柱から解いてあげて。立ったままじゃ、オクチでしにくいの。お母さまを横にして。ね、伯父さま」

ひざまずいて顎を突き出さなければやりづらい。それならいっそ、深雪を寝かせて口戯を施したかった。

感心な娘だと褒めた一寿は、床柱から解いた深雪を、うしろ手のまま座卓に脚をひらいて仰向けにくくりつけてしまった。

閉じることのできなくなった太腿を羞恥にひくつかせながらも、深雪は紫織の決意のほどを知って目を閉じた。獣のような男たちに娘の前で弄ばれるより、いっそ紫織の唇に触れられた方が幸せなのだ。そう言い聞かせようとした。

紫織はかぶさるようにして深雪の秘園に顔を埋めた。

「ああ……」

ねばっこい蜜がまた深雪のあわいめを濡らした。せつない深雪の声に、紫織もジュッと愛液をしたたらせた。

（お母さまは紫織のもの。お母さまも私も、どんなに辱められようと、あなたたちに心まで渡したりはしないわ。これまでのどんなエクスタシーより、私のオクチの方がお母さまは気持ちがいいはずよ。私だって、きっとお母さまのオクチで触られるのがいちばん気持ちがいいわ……）

そう思うと、乳首を愛したときよりいっそうやさしく花びらや肉のマメに触れられる気がした。

やわやわとしたぬめりのある粘膜を舌で舐めあげると、触れている舌だけでなく、全身がやわらかくなって、心までやさしい女になれる気がするのが不思議だった。

深雪の方は、乳首を愛撫されたときのように、紫織の口が男たちの愛撫とは微妙にちがうことを即座に感じた。娘にこんなことをされなければならない屈辱より、自分を慕うやさしい娘が心をこめて愛してくれているのだという気持ちの方が大きくなった。

広げて座卓に拘束された脚はもはや閉じることができない。それなら、娘の愛撫にとことん躰をゆだねてみよう。そうも思った。

生あたたかい舌先が両の花びらの縁をなぞり、肉のマメの包皮を辿り、外唇と花びらの谷間を刷毛のように滑った。

「ああ……はあっ……うくっ……」

何と刺激的で心地よい舌戯だろう。夢の狭間をさまよっているような気持ちになってくる。なぜか小水さえふっと洩らしたくなるようだ。深雪は今にも聖水口をゆるめてしまいそうになっている自分に気づき、少し慌てた。

ピチャピチャッと女芯をねぶる音がしてきた。一寿と大石は顔を見合わせて笑った。思ったより母娘の息があっている。はじめからこの調子なら、親子のプレイなどわざわざ教えこむまでのこともなさそうだ。

この地獄に堕ちてさえ品格を失うことのないふたりなら、これからも最高の肉奴隷であり続け、仕事上の素晴らしい道具にもなってくれるだろう。

きょうは深雪と紫織の花びらを飾る、わずかに大きさのちがうふたつのゴールドリングのピアスが用意されていた。

大きい方が深雪、小さい方が紫織のラビアを彩るリングだ。その印をつけることで、毎日それを目にするたびに、ふたりは隷属した女であることを確認せずにはいられないだろう。

「ああ、紫織、お、お母さまは……あう……いってしまうわ……あああ……」

仰向けになって揺れている深雪の躰の線が艶めかしい。噴き出している汗さえ煽情的で、こんな小娘のクンニリングスでこれほどまでによがるのかと、男としては嫉妬したくなるほどだ。

足袋の指先がピンと天井を向いている。白い太腿から鼠蹊部にかけても、エクスタシーを迎えるために突っ張っている。その鼠蹊部がぶるぶると震えだした。

「ああっ！」

ぐいと胸を浮かせた深雪が顎を突き出して口をあけた。

どっと蜜が溢れて痙攣をはじめた秘芯に、紫織はあわてて顔を離した。花びらが血を吸った蛟のようにぽってりふくらみ、花びらに包まれた粘膜がひくひくと収縮を繰り返すさまに、紫織はまばたきを忘れていた。

透明な樹液がとろっと秘口からこぼれ、会陰からアヌスのすぼまりに向かって妖しく流れ落ちていた。

ぼっとしていた紫織を大石がうしろから引き寄せた。そして、深雪と同じ赤い縄で簡単にうしろ手にいましめをした。

「いや！」

紫織の叫びに、深雪はエクスタシーの余韻から醒めた。

「やめて！　紫織を辱めないで」

「なに、ちょっとじっとしていてもらうだけだ。娘がおまえのソコに気持ちのいい麻酔をしてくれたところで、プレゼントがあるんだ」

ふたり分のゴールドのリングを出して見せ、花びらにするピアスだと説明した一寿に、深雪と紫織は声をあげた。

「すぐに終わる。母娘が愛し合った記念の日でもあるし、そろそろ私のものとしての印をつけておきたくもなった。今夜はいい機会だ」

「やめて！　たとえ私にしても、紫織にそんなものはしないで。紫織にするくらいなら、いくらでも私にして」

こうやって座卓に脚を広げてくくりつけるときから、一寿はピアスのことを考えていたのかと、深雪はおぞけだった。

「いくらでもと言われても、まずは片っ方だけでいい。すでに私の肉奴隷になると言ったおまえだ。その印を受けるのは当然のことだ」

さっきまで深雪を拘束していた床柱に紫織を繋ぎ、ふたりがかりで深雪へのピアスを施す準備にかかった。

局部を消毒し、ラビアピアス用の道具で花びらを挟むだけで、今では簡単にピアスを施せる。

局部麻酔をして千枚通しで穴をあけた時代は遠くなってしまった。いたぶる楽しみを考えれば千枚通しもいいが、穴の癒着を防ぐための処置が面倒だ。

「お母さまにしないで！　いや！　お母さまのかわりに紫織にして！」

冷たい金属の道具を見ただけで鳥肌立った紫織だが、深雪のかわりになれるものならと、床柱から身を乗り出して叫んだ。

「順番だ。ふたりいっぺんにはできんだろう。それに、おまえの方はオケケを剃ってからだ」

深雪の右の花びらが冷たい消毒綿で拭き清められた。

「ああ……」

冷たさと、奴隷の刻印を施される絶望に深雪は呻いた。そんな印をつけられては、もはや普通の女として生きられるはずもなく、どこまでも肉の女として堕ちていくしかない。

消毒綿とちがう堅く冷たいものが花びらに触れた。ついいましがたまでより大きな絶望と恐怖に、深雪の総身は粟立った。

「あう！」

ちくりとした花びらの痛みに汗が噴きこぼれた。そのあと、異物の感触があった。

男たちは花びらに下がったゴールドのピアスにほくそえんだ。

「ああ……」

紫織は絶望的な声をあげた。

「さあて、紫織、オケケを剃ってやる。おまえのピアスはそれからだ」

剃刀を持った大石が床柱に近づいた。

「怪我をしないようにおとなしくしていろ」

もはや、いや、という言葉さえ紫織の口から出なかった。ラビアピアスを施された深雪の裸身を哀しく見つめながら、ただ力なく首を振るだけだった。

シャボンを泡立てられた恥丘の翳りが、シャリシャリとかすかな可愛い音を立てながら消えていった。

「オフクロと交代だ」

深雪がようやくいましめから解放された。だが、手首はうしろ手に新たにくくりなおされ、やはり両手の自由はなかった。

床柱の紫織が、深雪の躰の形のまま汗を残している座卓に押さえつけられた。

「お母さまァ！」

逃げようと虚しくあらがう紫織をやすやすと人の字にくくりつけた一寿は、深雪より小さめのリングを紫織の顔の前に突き出してみせた。

「高校生でこんな立派なものをつけられるとは名誉なことだぞ」

「いやァ！」

「待って！」

深雪が紫織と一寿の間に不自然に躰を割って入れた。施されたばかりの股間のピアスが恐ろしく、動くのは不安だったが、そんなことを考えているときではなかった。

「やめてくださいと言ってもむだなことはわかってます。それならせめて、それを塡める前に、紫織のそこをお口で触らせてください。紫織が私にしてくれたように、私も娘のそこにやさしく触れてやりたいんです」

息を弾ませている深雪は、せめて少しでも紫織への思いやりを表わしたいと思った。

「ふふ、それは何よりの麻酔になるな。やれ」

うしろ手にいましめをされたまま、深雪は紫織の広げられた脚に顔を埋めた。

すっかり翳りをなくした秘園に、子供のころの紫織が重なった。ゼリー菓子のような秘部。この美しい花園がすでに男たちに荒されたのだと思うとせつなすぎた。

（お母さまがやさしくしてあげるわ。どんなことになっても、いつもお母さまは紫織の近くにいるわ。そして、紫織の恐怖や痛みを少しでもやわらげてあげるわ）

肉奴隷の刻印を押されても、まだ自分にはわずかでも紫織の役に立てることがあるのだ。哀しすぎる希望を見つけた深雪は、紫織がさっきそうしたように、心をこめて女芯を舐めあげた。

「ああ、お母さま……お母さま……ああん……」

紫織は尻をくねっと動かしながら、鼻にかかった声をあげた。間近に迫っている恐怖と、母から受ける快感の狭間で、紫織はわずかに小水を洩らした。

こんなときだというのに、不意に深雪の脳裏に相馬の顔が浮かびあがり、諦めないと言った言葉が甦った。

こんな絶望の中でも相馬を待つ気持ちを抱いていていいのだろうか……。

相馬がいつか、この非現実の世界から連れ出してくれるのだろうか……。

忘れようとしていた相馬の言葉が、これからのかすかな望みになってくれるような気がした。

深雪の背後で、一寿の手にしたゴールドのリングがきらりと光った。

この作品は一九九三年十一月フランス書院文庫に所収された
『未亡人・奴隷社員』を改題したものです。

幻冬舎アウトロー文庫

●好評既刊
夜の宴
藍川　京

36歳の和香奈は会社社長の夫を膵臓癌で亡くした。四十九日の翌日、夫が生前に準備した大人の玩具が届いた。すぐに彼女は淫具の虜に。1週間後、第二の贈り物が……。美しき未亡人の愛と性。

●好評既刊
梅雨の花
藍川　京

夫の借金のため月一度の愛人契約をした36歳の千菜津。誘われるか気を揉む人妻をただ鑑賞し、ようやく愛撫しても焦らし続ける跡部に、ついに彼女は懇願する……。表題作他、珠玉の官能短編集。

●好評既刊
女主人
藍川　京

透ける肌、高貴な顔立ち、豊満な胸——。両親の事故死で、全国展開するビアレストラン・チェーン社長に就任した美貌の26歳が、男を次々に籠絡する貪欲なセックス手腕！　長編官能小説。

●好評既刊
女医
藍川　京

美貌の新人女医・春華が勤める宇津木医院。が、裏でその特別室で院長と昵懇の有力者たちが看護婦や女医を次々に奴隷調教していた。姦計に嵌った春華は菊のすぼまりから栄養剤を注入されて……。

●好評既刊
いましめ
藍川　京

女子大生・里奈のアルバイトは郊外に住む老資産家の話し相手。が、それは若い女を性奴隷に仕立てる嗜虐の罠だった。絶望の淵、慟哭が涕泣に変わるとき、屋敷の地下には里奈の恋人がいた。

GENTOSHA OUTLAW BUNKO

弟嫁《おとうとよめ》

藍川京《あいかわきょう》

平成26年8月5日　初版発行

発行人――石原正康
編集人――永島賞二
発行所――株式会社幻冬舎
〒151-0051東京都渋谷区千駄ヶ谷4-9-7
電話　03(5411)6222(営業)
　　　03(5411)6211(編集)
振替00120-8-767643
印刷・製本―図書印刷株式会社
装丁者――高橋雅之

幻冬舎アウトロー文庫

ISBN978-4-344-42248-3　C0193　O-39-28

幻冬舎ホームページアドレス　http://www.gentosha.co.jp/
この本に関するご意見・ご感想をメールでお寄せいただく場合は、
comment@gentosha.co.jpまで。